1.從【具體的】生活實境引導學習 並非【模糊的】情境主題分類

透過「實境式角色模擬」，學語言不再是「置身事外」背句子，而是「身歷其境」訓練會話反應力！需要開口時，不會“腦中一片空白”！

2.這句話，英文怎麼說？韓文怎麼說？

不是翻譯句子，而是「將外語融入生活情境」，自然說出來！

3.用【簡單式】就能搞定的英語溝通！

「簡單式」是最簡單、也是用途最廣的英語基本文型，

千萬別以為高級文法才能讓你英語流利

本書幾乎所有的句子都是「簡單式」，
而且都是簡短又實用！

4.【有加註解釋】的簡單韓語！

5.補充多樣說法，避免老說同一句的窘境！

- 補充：主題句的「另一種說法」及「相關說法」
- 補充：相同情境下「也可以這樣說」的句子
- 補充：對話者的「相關提問・回應」
- 提醒：說這句話時的注意事項

6.標示韓語發音變化「連音化」、「重音化」

- 以「︵」標示在韓文上方，表示「連音化」
- 以「 - 」標示在拼音，表示「重音化」

精彩情境介紹

滿足多元需求，
任何程度都能開口說！

不論是哪一種語言，越長的句子，越容易牽涉複雜的文法概念。臨時要使用某一句話時，其實只要簡短、自然的用法，就可以讓外國人知道我們想表達什麼。因此，本書提供的英語、韓語表達，盡量以簡短易學、避免出現複雜的文法概念為出發點，並兼顧各種「臨時需要用的狀況」，希望大家透過最精簡的一句話，就能夠和外國人展開互動。不論是「上網、旅遊、證照、求職」，事事都能暢「談」無阻！

一個人出國旅行，終於能放心享受自由行！

◎情境 005：點餐時，請服務生推薦菜色…
◎情境 008：想看櫥窗內的東西，請店員拿出來…
◎情境 011：要去某個地方，向路人問路…
◎情境 042：一口氣買了好多，結帳時問店員總金額…
◎情境 074：結帳時，店員好像找錯錢了…
◎情境 107：想隨意逛，但店員卻來招呼只好告訴他…
◎情境 108：挑很久終於決定要買哪一個，跟店員說…
◎情境 213：來到已經預訂好房間的飯店櫃檯……

每天說的生活用語，原來這麼容易！

◎情境 043：朋友宣布要閃婚，不可置信地問她…
◎情境 096：朋友不停地惡作劇，惹惱我了…
◎情境 105：隱約感覺朋友是亂講的，果真如此…
◎情境 115：講完話發現現場氣氛不對，趕緊緩頰…
◎情境 138：聽到笑不出來的笑話，覺得…
◎情境 147：朋友中彩券卻連漢堡都不請我，我說…
◎情境 202：昨晚的酒精持續作祟，一整天都沒精神…
◎情境 223：向朋友借的東西弄壞了，這下糟了…

本書 MP3 說明

100% 美式發音＋標準韓國音 MP3

本書 MP3 分別由中籍、美籍、韓籍專業播音員，依序進行「中 → 英 → 韓 會話朗讀」，不必看書對照內容，只要用耳朵就能培養聽力及會話力。刻意捨棄傳統的「中 → 英」、「中 → 韓」朗讀方式，是希望大家改變翻譯式、注重字義的聽讀習慣，直接「用耳朵學會話」。

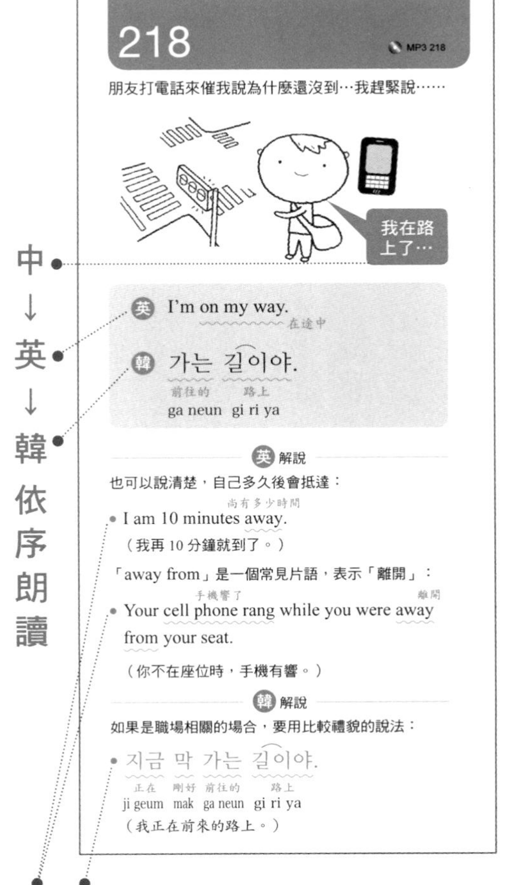

基本發音

韓語是由 10 個基本母音、11 個雙母音、14 個基本子音、5 個雙子音所構成。

MP3 230

10 個基本母音

母音	ㅏ	ㅑ	ㅓ	ㅕ	ㅗ
拼音	a	ya	eo	yeo	o
相似中文注音	ㄚ	一ㄚ	ㄛ	一ㄡ	ㄡ

母音	ㅛ	ㅜ	ㅠ	ㅡ	ㅣ
拼音	yo	u	yu	eu	i
相似中文注音	ㄩㄡ	ㄨ	ㄩ	ㄜ	一

MP3 231

11 個雙母音

● 由「ㅣ」和「ㅏ」「ㅑ」「ㅓ」「ㅕ」組成的雙母音

母音	ㅐ	ㅒ	ㅔ	ㅖ
拼音	ae	yae	e	ye
相似中文注音	ㄝ	ㄝ 拉長音	ㄝ	一ㄝ

● 由「ㅗ」和「ㅏ」「ㅐ」「ㅣ」組成的雙母音

母音	ㅘ	ㅙ	ㅚ
拼音	wa	wae	oe
相似中文注音	ㄨㄚ	ㄨㄝ	ㄨㄝ

● 由「ㅜ」和「ㅓ」「ㅔ」「ㅣ」組成的雙母音

母音	ㅝ	ㅞ	ㅟ
拼音	wo	we	wi
相似中文注音	ㄨㄛ	ㄨㄝ	ㄩ

● 由「ㅡ」和「ㅣ」組成的雙母音

母音	ㅢ
拼音	ui
相似中文注音	ㄨ一

14 個基本子音

＊子音須搭配母音才能發音，無法單獨發音。請注意聆聽 MP3 232 MP3 233【子音＋母音】中的起頭音，就能掌握子音搭配母音時的唸法。

子音	ㄱ	ㄴ	ㄷ	ㄹ	ㅁ	ㅂ	ㅅ
拼音	g	n	d	r	m	b	s
相近音	ㄎ（句首）	ㄋ	ㄊ（句首）	ㄌ	ㄇ	ㄆ（句首）	ㄙ
	ㄍ（句中）		ㄉ（句中）			ㄅ（句中）	

子音	ㅇ	ㅈ	ㅊ	ㅋ	ㅌ	ㅍ	ㅎ
拼音	無	j	ch	k	t	p	h
相近音	無	ㄘ（句首）	ㄘ	ㄎ	ㄊ	ㄆ	ㄏ
		ㄗ（句中）					

注意 1

- 子音在句首時，通常發比較輕的音：
  例如：ㄱ(ㄎ)、ㄷ(ㄊ)、ㅂ(ㄆ)、ㅈ(ㄘ)。
- 子音在句中時，通常發比較重的音：
  例如：ㄱ(ㄍ)、ㄷ(ㄉ)、ㅂ(ㄅ)、ㅈ(ㄗ)。

注意 2

上述為子音的基本發音原則，在下列情況，這些原則會產生改變：

- 「ㅇ」作為「起頭音」時不發音，作為「收尾音」時發「ㄥ」的音。
- 「ㅅ」在母音「ㅣ」前，要發「ㄒ」的音。
- 「ㅈ」在母音「ㅣ」前，要發「ㄐ」的音。
- 「ㅊ」在母音「ㅣ」前，要發「ㄑ」的音。

5個雙子音

子音	ㄲ	ㄸ	ㅃ	ㅆ	ㅉ
拼音	kk	tt	pp	ss	jj
相似中文注音	在單字中要加重發音為ㄍ	在單字中要加重發音為ㄉ	在單字中要加重發音為ㄅ	在單字中要加重發音為ㄙ	在單字中要加重發音為ㄗ

【子音＋母音】的發音

MP3 232

基本子音＋基本母音

橫軸為「母音」，縱軸為「子音」。拼音下方的中文字或注音符號為「近似音」，作為輔助學習之用。

母・子	ㅏ a	ㅑ ya	ㅓ eo	ㅕ yeo	ㅗ o	ㅛ yo	ㅜ u	ㅠ yu	ㅡ eu	ㅣ i
ㄱ g	가 ga 嘎	갸 gya ㄍㄧㄚ	거 geo ㄍㄛ	겨 gyeo ㄍㄧㄡ	고 go 勾	교 gyo ㄍㄩㄡ	구 gu 咕	규 gyu ㄍㄩ	그 geu 哥	기 gi ㄍㄧ
ㄴ n	나 na ㄋㄚ	냐 nya ㄋㄧㄚ	너 neo ㄋㄛ	녀 nyeo 妞	노 no ㄋㄡ	뇨 nyo ㄋㄩㄡ	누 nu ㄋㄨ	뉴 nyu ㄋㄩ	느 neu ㄋㄜ	니 ni ㄋㄧ
ㄷ d	다 da 搭	댜 dya ㄉㄧㄚ	더 deo ㄉㄛ	뎌 dyeo 丟	도 do 都	됴 dyo ㄉㄩㄡ	두 du 嘟	듀 dyu ㄉㄩ	드 deu ㄉㄜ	디 di 低
ㄹ r	라 ra 拉	랴 rya ㄌㄧㄚ	러 reo ㄌㄛ	려 ryeo 溜	로 ro ㄌㄡ	료 ryo ㄌㄩㄡ	루 ru 嚕	류 ryu ㄌㄩ	르 reu ㄌㄜ	리 ri ㄌㄧ
ㅁ m	마 ma 媽	먀 mya ㄇㄧㄚ	머 meo ㄇㄛ	며 myeo ㄇㄧㄡ	모 mo ㄇㄡ	묘 myo ㄇㄩㄡ	무 mu ㄇㄨ	뮤 myu ㄇㄩ	므 meu ㄇㄜ	미 mi 咪
ㅂ b	바 ba 八	뱌 bya ㄅㄧㄚ	버 beo ㄅㄛ	벼 byeo ㄅㄧㄡ	보 bo ㄅㄡ	뵤 byo ㄅㄩㄡ	부 bu ㄅㄨ	뷰 byu ㄅㄩ	브 beu ㄅㄜ	비 bi 逼
ㅅ s	사 sa 撒	샤 sya 蝦	서 seo ㄙㄛ	셔 syeo ㄙㄧㄡ	소 so 搜	쇼 syo ㄒㄩㄡ	수 su 蘇	슈 syu 需	스 seu ㄙㄜ	시 si 嘻
ㅇ	아 a 阿	야 ya 呀	어 eo ㄛ	여 yeo 喲	오 o 歐	요 yo ㄩㄡ	우 u 嗚	유 yu ㄩ	으 eu ㄜ	이 i ㄧ
ㅈ j	자 ja ㄐㄚ	쟈 jya 加	저 jeo ㄐㄛ	져 jyeo 揪	조 jo 鄒	죠 jyo ㄐㄩㄡ	주 ju ㄐㄨ	쥬 jyu 居	즈 jeu ㄗㄜ	지 ji 機
ㅊ ch	차 cha ㄑㄚ	챠 chya 掐	처 cheo ㄑㄛ	쳐 chyeo 邱	초 cho ㄑㄡ	쵸 chyo ㄑㄩㄡ	추 chu ㄑㄨ	츄 chyu 區	츠 cheu ㄑㄜ	치 chi 七

ㅋ k	카 ka 喀	캬 kya ㄎㄧㄚ	커 keo ㄎㄛ	켜 kyeo ㄎㄧㄡ	코 ko 摳	쿄 kyo ㄎㄩㄡ	쿠 ku 枯	큐 kyu ㄎㄩ	크 keu 科	키 ki ㄎㄧ
ㅌ t	타 ta 他	탸 tya ㄊㄧㄚ	터 teo ㄊㄛ	텨 tyeo ㄊㄧㄡ	토 to 偷	툐 tyo ㄊㄩㄡ	투 tu 禿	튜 tyu ㄊㄩ	트 teu ㄊㄜ	티 ti 踢
ㅍ p	파 pa 趴	퍄 pya ㄆㄧㄚ	퍼 peo ㄆㄛ	펴 pyeo ㄆㄧㄡ	포 po ㄆㄡ	표 pyo ㄆㄩㄡ	푸 pu 撲	퓨 pyu ㄆㄩ	프 peu ㄆㄜ	피 pi 匹
ㅎ h	하 ha 哈	햐 hya ㄏㄧㄚ	허 heo ㄏㄛ	혀 hyeo ㄏㄧㄡ	호 ho ㄏㄡ	효 hyo ㄏㄩㄡ	후 hu 呼	휴 hyu ㄏㄩ	흐 heu 喝	히 hi ㄏㄧ

MP3 233

雙子音＋基本母音

橫軸為「母音」，縱軸為「雙子音」。拼音下方的中文字或注音符號為「近似音」，作為輔助學習之用。

母 · 子	ㅏ a	ㅑ ya	ㅓ eo	ㅕ yeo	ㅗ o	ㅛ yo	ㅜ u	ㅠ yu	ㅡ eu	ㅣ i
ㄲ kk	까 kka 嘎	꺄 kkya ㄍㄧㄚ	꺼 kkeo ㄍㄛ	껴 kkyeo ㄍㄧㄡ	꼬 kko 勾	꾜 kkyo ㄍㄩㄡ	꾸 kku 咕	뀨 kkyu ㄍㄩ	끄 kkeu 哥	끼 kki ㄍㄧ
ㄸ tt	따 tta 他	땨 ttya ㄊㄧㄚ	떠 tteo ㄊㄛ	뗘 ttyeo ㄊㄧㄡ	또 tto 偷	뚀 ttyo ㄊㄩㄡ	뚜 ttu 禿	뜌 ttyu ㄊㄩ	뜨 tteu ㄊㄜ	띠 tti 踢
ㅃ pp	빠 ppa 趴	뺘 ppya ㄆㄧㄚ	뻐 ppeo ㄆㄛ	뼈 ppyeo ㄆㄧㄡ	뽀 ppo ㄆㄡ	뾰 ppyo ㄆㄩㄡ	뿌 ppu 撲	쀼 ppyu ㄆㄩ	쁘 ppeu ㄆㄜ	삐 ppi 匹
ㅆ ss	싸 ssa ㄙㄚ	쌰 ssya 蝦	써 sseo ㄒㄛ	쎠 ssyeo 休	쏘 sso 搜	쑈 ssyo ㄒㄩㄡ	쑤 ssu 蘇	쓔 ssyu 需	쓰 sseu ㄙㄜ	씨 ssi 嘻
ㅉ jj	짜 jja ㄐㄚ	쨔 jjya 加	쩌 jjeo ㄐㄛ	쪄 jjyeo 揪	쪼 jjo 鄒	쬬 jjyo ㄐㄩㄡ	쭈 jju ㄐㄨ	쮸 jjyu 居	쯔 jjeu ㄗㄜ	찌 jji 機

MP3 234

連音化

「連音」是指當後音節的子音為「ㅇ」，「前音節的尾音」必須和「後音節的母音」一起發音。例如：

（1）

前音節尾音ㄹ
後音節子音ㅇ
後音節母音ㅏ

할 아 버 지 （爺爺）

【逐字拼音】hal a beo ji
【連音唸法】ha ra beo ji

＊前音節尾音「ㄹ」要和後音節母音「ㅏ」連音。「ㄹ」當收尾音發音［l］，當起頭音發音［r］，「ㄹ」和「ㅏ」（a）連音時，「ㄹ」變成起頭音，所以發音為「ra」。

（2）

前音節尾音ㄱ
後音節子音ㅇ
後音節母音ㅛ

목 욕 （洗澡）

【逐字拼音】mok yok
【連音唸法】mo gyok

＊前音節尾音「ㄱ」要和後音節母音「ㅛ」連音。「ㄱ」當收尾音發音［k］，當起頭音發音［g］，「ㄱ」和「ㅛ」（yo）連音時，「ㄱ」變成起頭音，所以發音為「gyo」。

（3）

前音節尾音ㅂ
後音節子音ㅇ
後音節母音ㅣ

손 잡 이 （拉環）

【逐字拼音】son jap i
【連音唸法】son ja bi

＊前音節尾音「ㅂ」要和後音節母音「ㅣ」連音。「ㅂ」當收尾音發音［p］，當起頭音發音［b］，「ㅂ」和「ㅣ」（i）連音時，「ㅂ」變成起頭音，所以發音為「bi」。

重音化

「重音化」是指當前一個字的終聲發音為ㄱ(k)、ㄷ(t)、ㄹ(l)、ㅂ(p)這四類，遇到後一個字的初聲為ㄱ、ㄷ、ㅂ、ㅅ、ㅈ時，後一個字的初聲發音必須從原本的「平音（基本子音）」轉變成「重音化」。

前一個字的終聲		後一個字的初聲		後一個字的初聲要【重音化】
ㄱ ㅋ ㄲ ㄳ ㄺ（發音是 k）	+	ㄱ	→	ㄲ kk
ㄷ ㅅ ㅈ ㅊ ㅌ ㅎ ㅆ（發音是 t）		ㄷ		ㄸ tt
ㄹ ㄼ ㄽ ㄾ ㅀ（發音是 l）		ㅂ		ㅃ pp
ㅂ ㅍ ㅄ ㄿ ㄼ（發音是 p）		ㅅ		ㅆ ss
		ㅈ		ㅉ jj

說明

＊本書將後一個字的初聲「重音化的拼音」以「具有重音感覺」的「gg（原 kk）、dd（原 tt）、bb（原 pp）」來表示。

舉例

앞자리（前座）原來拼音為 ap ja ri
→【重音化】的發音為 ap-jja ri（앞짜리）

닭고기（雞肉）原來拼音為 dak go gi
→【重音化】的發音為 dak-ggo gi（닭꼬기）

特殊發音

當「有終聲的字」後方接的是「初聲為ㅎ(h)的字」時，前方字的終聲經常會削弱後方字的初聲ㅎ(h)，使ㅎ(h)的音聽不太出來，例如：

부탁해요（請給我…）原來拼音為 bu tak hae yo
→【實際聽起來】的發音為 bu ta kae yo

終聲（收尾音）

「終聲」是指某些子音作為最後一個音（收尾音）時，會改變發音。有七個子音為代表：

子音	作為收尾音時發音的改變	相近音	作為收尾音的其他子音結構
ㄱ	g → k	音標 [k]	ㄱ ㅋ ㄲ ㄳ ㄺ * 如果收尾音是上述子音，發音也是 [k]
ㄴ	n (ㄋ) → 鼻音 n	音標 [n]	ㄴ ㄵ ㄶ * 如果收尾音是上述子音，發音也是 [n]
ㄷ	d → t	音標 [t]	ㄷ ㅅ ㅈ ㅊ ㅌ ㅎ ㅆ * 如果收尾音是上述子音，發音也是 [t]
ㄹ	r → l	音標 [l]	ㄹ ㄼ ㄽ ㄾ ㅀ * 如果收尾音是上述子音，發音也是 [l]
ㅁ	m (ㄇ) → 鼻音 m	音標 [m]	ㅁ ㄻ * 如果收尾音是上述子音，發音也是 [m]
ㅂ	b → p	音標 [p]	ㅂ ㅍ ㅄ ㄿ ㄼ * 如果收尾音是上述子音，發音也是 [p]
ㅇ	不發音→ 鼻音 ng	音標 [ŋ]	

例外

* 如果終聲是「ㅎ」，後方所接的字的初聲是「ㅇ」時，終聲「ㅎ」不發音。例如：

좋아 (好) → 實際發音 為 jo a（조아）

韓語發音組合

（1） 子音＋母音

MP3 235 ●橫式排列

子音	母音

（子音）		（母音）				
ㄴ	+	ㅏ	⇒	나	나비	（蝴蝶）
n		a		na	na bi	
ㅈ	+	ㅏ	⇒	자	자리	（位子）
j		a		ja	ja ri	
ㅎ	+	ㅓ	⇒	허	허리	（腰）
h		eo		heo	heo ri	

MP3 236 ●直式排列

子音
母音

（子音）		（母音）				
ㅁ	+	ㅗ	⇒	모	모자	（帽子）
m		o		mo	mo ja	
ㅇ	+	ㅜ	⇒	우	우유	（牛奶）
不發音		u		u	u yu	
ㅅ	+	ㅗ	⇒	소	소리	（聲音）
s		o		so	so ri	

（2）子音＋母音＋一個子音

MP3 237 ●橫式排列

子音	母音
子音	

（子音）（母音）（子音）

ㄴ ＋ ㅏ ＋ ㄹ ⇒ 날 날씨（天氣）
n a l nal nal ssi

ㅁ ＋ ㅓ ＋ ㄴ ⇒ 먼 먼지（灰塵）
m eo n meon meon ji

ㅎ ＋ ㅐ ＋ ㅇ ⇒ 행 행인（行人）
h ae ng haeng haeng in

MP3 238 ●直式排列

子音
母音
子音

（子音）（母音）（子音）

ㄱ ＋ ㅜ ＋ ㄱ ⇒ 국 국수（麵條）
g u k guk guk su

ㄴ ＋ ㅜ ＋ ㄴ ⇒ 눈 눈사람（雪人）
n u n nun nun sa ram

ㅈ ＋ ㅗ ＋ ㄱ ⇒ 족 족발（豬腳）
j o k jok jok bal

（3）子音＋母音＋兩個子音

MP3 239　●橫式排列

子音	母音
子音	子音

（子音）	（母音）	（子音）	（子音）		
ㄷ ＋	ㅏ ＋	ㄹ ＋	ㄱ	⇒ 닭	닭고기（雞肉）
d	a	k		dak	dak-ggo gi
ㅈ ＋	ㅓ ＋	ㄹ ＋	ㅁ	⇒ 젊	젊은이（年輕人）
j	eo	m		jeom	jeol meu ni
ㅁ ＋	ㅏ ＋	ㄹ ＋	ㄱ	⇒ 맑	맑다（晴朗）
m	a	k		mak	mak-dda

MP3 240　●直式排列

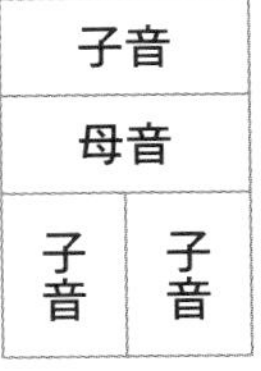

（子音）	（母音）	（子音）	（子音）		
ㄱ ＋	ㅜ ＋	ㄹ ＋	ㄱ	⇒ 굵	굵다（粗的）
g	u	k		guk	guk-dda
ㅇ ＋	ㅗ ＋	ㄹ ＋	ㅁ	⇒ 옮	옮기다（搬）
不發音	o	m		om	om gi da
ㄴ ＋	ㅡ ＋	ㄹ ＋	ㄱ	⇒ 늙	붉다（老）
n	eu	k		neuk	neuk-dda

中・英・韓
情境會話手冊

目錄

Part 1 請求協助

Part 2 提出疑問

Part 3 希望 & 要求

Part 4 陳述意見

106 不知道對方說的是哪一國語言，一頭霧水……
107 只想隨意逛逛，但店員卻來招呼，只好告訴他……
108 挑選很久…終於決定要買哪一個，跟店員說……
109 打定主意今天要作東，結帳時跟大家說……
110 來到牛仔服飾專賣店，店員問要買什麼……
111 吃完飯後有人覺得東西不好吃，但我覺得還好……
112 陪朋友買禮物送人，朋友挑了一件，問我覺得如何……
113 點餐最後服務生總會問“還要什麼嗎？”，制式回答就是……
114 朋友想借東西，問我可以借到什麼時候，我說……
115 講完話發現現場氣氛不對，趕緊說句話來緩頰……
116 決定要點跟朋友一樣的套餐，跟服務生說……
117 對方問我拿手的是什麼？我想是鋼琴……
118 輕輕鬆鬆就完成了，看到周遭投來佩服的眼神，忍不住自誇說……
119 好像兩邊都差不多路程，要決定走哪一邊……
120 點餐後叫到我們的號碼了，我說……
121 擔心老婆太晚回家不安全，跟老婆說……
122 決定下周要去遊樂園，我自告奮勇要幫大家訂票……
123 接電話的人說對方不在，我說……
124 用餐後告知服務生要結帳……
125 有人問路，但這附近我也很陌生，只能說……
126 利用電腦搜尋一下，終於找到存檔的地方了……
127 想向哥哥借 1000 元，沒想到他立刻回絕說……
128 等了半天沒看到人，打電話找到人時，對方急促地說……
129 出門前跟家人說……
130 比較 A 餐和 B 餐，我喜歡的是……
131 地震才剛停，怎麼又開始搖起來了……
132 同事跟你借東西，你大方的說……
133 剛買的新車竟然被惡意刮傷，真是可惡……
134 有人提議開車去兜風，我馬上附議……
135 入境時海關人員詢問要停留多久，我回答……
136 覺得對方的話語意不明，直接告訴他……
137 感覺計程車司機很親切，付錢時說不用找了……
138 聽到笑不出來的笑話，覺得……
139 朋友找我去 Pub，但昨天才和女友吵架，實在沒心情……
140 朋友問我好吃嗎？我覺得味道實在太奇怪了……
141 被問一個莫名其妙的問題，完全沒頭緒要我怎麼答……
142 服務生問何時可以上飲料？我說……
143 說話時不要硬梆梆的直接切入主題，這樣開場吧……
144 被菜鳥同事一直拜託，只好說……
145 對假裝不知情的朋友表達不以為然的態度……
146 訓斥吵架的雙方，兩個人都不對……

Part 5 提醒 & 提議

Part 6 讚美 & 鼓勵

Part 7 關心 & 問候

Part 8 描述狀態

214 有人問我每天怎麼到公司……
215 被問到是否有某一方面的相關經驗……
216 同事今天的裝扮不太尋常，好像有什麼事……
217 一直想不起來把鞋子收到哪裡了，現在想起來了……
218 朋友打電話來催我說為什麼還沒到…我趕緊說……
219 被問到幾歲了…其實再一個月就滿 30 了……
220 每個人都看得出來，我們兩人做什麼都在一起……
221 照著說明書操作竟然還是沒辦法！奇怪哩……
222 樓上住戶這麼晚了還在嬉鬧，快受不了了……
223 向朋友借的東西弄壞了…這下糟了……
224 找遍了還是沒有，確定東西真的遺失了……
225 對方一直在講電話，打了好幾次都是……
226 電話的另一端，聲音實在太小……
227 SARS 的時候想去買口罩，店門口永遠都貼著……
228 坐太久都沒動，坐到腳麻了……
229 和朋友玩躲貓貓，躲著躲著…啊！被找到了……

請求協助

001

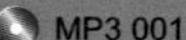

事情忙不過來，向同事或朋友求救……

英 Can you give me a hand, please?
幫我一下

韓 나좀 도와줘.
我 幫忙
na jom do wa jwo

英 解說

也可以說：

- Would you do me a favor, please?
幫我一下
（請幫我一下，可以嗎？）

- I need some help on this.
關於這件事
（這件事我需要幫忙。）

- favor [ˋfevɚ] 偏愛、恩惠

韓 解說

希望別人幫忙做…事，則說：

- 청소 좀 도와줘.（幫我打掃。）
打掃 幫忙
cheong so jom do wa jwo

- 물건 좀 사다줘.（幫我買東西。）
東西 幫我買
mul geon jom sa da jwo

同事要去超商買礦泉水，你也想買一瓶……

英 Would you grab one for me, please?

grab：抓取

韓 나도 사다줘.

나도：我　사다줘：幫我買

na do　sa da jwo

英 解說

除了用 grab，也可以用 get。請對方順便幫自己買杯咖啡，可以說：

- Would you grab／get some coffee for me, please?（grab：抓取　get：買到）
  （可以順便幫我買咖啡嗎？）
- grab [græb]

韓 解說

請對方順便幫自己買其他東西，可以說：

- 가는 김에 커피 좀 사다줘.
  가는 김에：順便　커피：咖啡　사다줘：幫我買
  ga neun gi me keo pi jom sa da jwo
  （順便幫我買咖啡。）
- 가는 김에 우유 좀 사다줘.
  우유：牛奶
  ga neun gi me u yu jom sa da jwo
  （順便幫我買牛奶。）

003

MP3 003

電腦怪怪的，請旁人幫忙處理……

英 Please, do something.
做些什麼

韓 해결 방법 좀 생각 해줘.
辦法　幫我想
hae gyeol bang beop jom saeng gak hae jwo

英 解說

請人幫忙修理東西，可以說：

- Would you help me fix it, please?（修理 = fix）
  （可以幫我修理嗎？）
- fix [fɪks]

韓 解說

也可以請對方幫忙修理：

- 수리 좀 도와줄래?（可以幫我修理嗎？）
  修理　幫忙
  su ri jom do wa jul rae

接受別人的幫忙，記得要說謝謝喔～

- 고마워.（謝謝。）
  go ma wo

在朋友家，突然想上廁所⋯⋯

我想借用廁所

英 Can I use the restroom, please?

restroom：廁所

韓 화장실 좀 쓸께.

화장실：廁所　쓸께：想要借用

hwa jang sil　jom　sseul kke

英 解說

廁所的其他說法是 toilet 和 washroom：

- Can I use the toilet／washroom, please?（toilet：廁所；washroom：廁所）
  （我可以使用一下廁所嗎？）
- toilet [ˋtɔɪlɪt]／washroom [ˋwɑʃˏrum]

韓 解說

「좀 쓸께」前面可以加上其他想借的東西，例如：

- 휴지 좀 쓸께.（借一下衛生紙。）
  휴지：衛生紙　쓸께：想要借用
  hyu ji　jom　sseul kke

如果只是單純的想要洗手，可以說：

- 손 좀 씻어도 될까?（可以洗一下手嗎？）
  손：手　씻어도：清洗　될까：可不可以⋯
  son　jom　ssi seo do　doel kka

005

MP3 005

點餐時，請服務生推薦菜色⋯⋯

英 What's your specialty here?

特色（可作為餐廳的"推薦菜"解釋）

韓 음식을 추천해주세요.

菜餚 推薦我

em si geul che cheon hae ju se yo

英解說

也可以說：

- What do you recommend?（你推薦什麼？）
  推薦
- specialty [ˋspɛʃəltɪ] ／ recommend [ˏrɛkəˋmɛnd]

韓解說

在服務生推薦了菜餚後，可以詢問服務生：

- 이건 무슨 냄새지?（是什麼樣的味道？）
  這是 什麼 味道
  i geon mu seun naem sae ji
- 이건 어떻게 요리 한거지?
  如何 烹調
  i geon eo ddeo ke yo ri han geo ji
  （是如何烹調的？）

006

用餐時覺得口渴，跟服務生要開水……

英 Can I have some water, please?
開水

韓 물 좀 주세요.
水 請給我
mul jom ju se yo

英 解說

Can I have some... 是「請給我…」的常用說法，日常生活、或是一般朋友之間都可以使用。後面加上 please 會顯得更有禮貌。其他用法如：

- Can I have some tea, please?（請給我茶。）
茶

韓 解說

句中的「물」可以換成其他需要的東西，例如：

- 재떨이 좀 주세요.（請給我菸灰缸。）
菸灰缸 請給我
jae tteo ri jom ju se yo

- 물티슈 좀 주세요.（請給我濕紙巾。）
濕紙巾
mul ti syu jom ju se yo

- 젓가락 좀 주세요.（請給我筷子。）
筷子
jeot-gga rak jom ju se yo

007

MP3 007

想買櫃子裡的某一樣東西，告訴店員……

請給我這個

英 I'll take this one.
　　　取得

韓 이것 좀 주세요.
這個　請給我
i geot jom ju se yo

英 解說

用 this one（這一個）感覺東西距離自己蠻近的，如果東西離自己較遠，可以用 that one（那一個）。例如：

- I'll take that one.（請給我那一個。）
  that one：那一個

韓 解說

店員拿取時可能會再向你確認：

- 이건가요? i geon ga yo （是這個嗎？）
  이건：這個

這時候可以回答：

- 네 맞아요. ne ma ja yo （沒錯，是的。）
  네：是的　맞아요：沒錯

- 아니요, 왼쪽／오른쪽 꺼요.
  아니요：不是　왼쪽：左邊　오른쪽：右邊
  a ni yo, oen jjok／o reun jjok kkeo yo
  （不是，是左邊／右邊那個。）

MP3 008

008

想看櫥窗內陳列的某一樣東西，請店員拿出來……

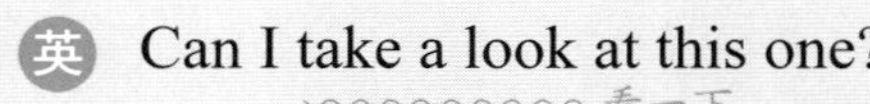

英 Can I take a look at this one?

（take a look：看一下）

韓 이것 좀 보여주세요.

（이것：這個；보여주세요：請給我看）

i geot jom bo yeo ju se yo

英 解說

take a look 是指「看一看、瀏覽」，購物時店員可能會這樣說：

- We also have this design.（design：設計）

  Would you like to take a look?（take a look：看一看）

  （我們還有這種設計，你要參考看看嗎？）

韓 解說

如果商品陳列在高處拿不到，也可以指著那樣東西對店員說：

- 이것 좀 내려서 보여주세요.

  （이것：這個；내려서 보여주세요：請拿下來給我看）

  i geot jom nae reo seo bo yeo ju se yo

  （請給我看那個。）

009

MP3 009

看到寄物櫃檯，走過去詢問……

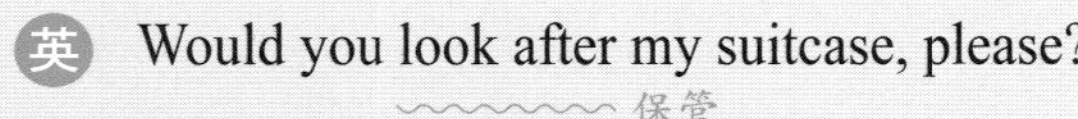

英 Would you look after my suitcase, please?

保管

韓 여행 가방을 좀 보관해주시겠어요?

手提箱　可以幫我保管嗎

yeo haeng ga bang eul jom bo gwan hae ju si get-sseo yo

英 解說

「保管」除了用 look after，還可以用 keep：

- Would you keep my suitcase, please?（保管／手提箱）
  （可以寄放手提箱嗎？）
- suitcase [ˋsutˏkes]

韓 解說

韓國的百貨公司通常都有「免費寄放物品」的服務；但如果是在車站，「寄放物品」通常是要付費的。想要寄放手邊的東西，最簡單的方式是把東西拿給寄物櫃檯的人員看，並且問說：

- 이것 좀 보관해주시겠어요?
  這個　可以幫我保管嗎
  i geot jom bo gwan hae ju si get-sseo yo
  （可以寄放這個嗎？）

MP3 010

010

出了車禍，希望警察找來會說中文的人……

英 Can anyone speak Chinese?
說

韓 누가 중국어 할 줄 아나요?
誰 中文、北京話 會說
nu ga jung gu geo hal jul a na yo

英 解說

在國際間，很普遍地使用 Mandarin 這個字來表示「中文、中國的官方語言、北京話」，所以這一句話也可以說：

- Can anyone speak Mandarin? (北京話)
  （有人會說北京話嗎？）
- Mandarin [ˋmændərɪn]

韓 解說

중국어（中文）是由중국（中國）和어（語言）組成，同時表示「中文」和「北京話」。也可以問有沒有人會說英文：

- 누가 영어 할 줄 아나요?
  誰 英文 會說
  nu ga yeong eo hal jul a na yo
  （有人會說英文嗎？）

011

MP3 011

當地人介紹了一個好玩的景點，想過去看看……

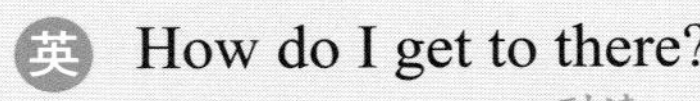

英 How do I get to there?
到達 (get to)

韓 거기는 어떻게 가야 하나요?
那裡 (거기는)　如何前往呢 (어떻게 가야 하나요)
geo gi neun　eo tteo ke　ga ya　ha na yo

英 解說

如果要明確地說出地點，可以說：

- Can you show me the way to Myeongdong?
  告知 (show)　道路 (way)
  （你可以告訴我去明洞的路嗎？）
- show me the way to＋地名（告訴我去某地的路）

韓 解說

可以更進一步地問：

- 여기에서 먼가요?
  離這裡 (여기에서)　遠嗎 (먼가요)
  yeo gi e seo　meon ga yo
  （距離這裡很遠嗎？）

如果要詢問具體的地點，則說：

- 동대문은 어떻게 가야 하나요?
  東大門 (동대문은)　如何前往 (어떻게 가야 하나요)
  dong dae mu neun　eo tteo ke　ga ya　ha na yo
  （請問要怎麼去東大門？）

不知道想去的地方怎麼走，請別人畫地圖……

可以畫地圖給我嗎？

英 Could you draw a map for me?

畫

韓 지도를 그려 주실래요?

地圖　請幫我畫

ji do reul geu ryeo ju sil rae yo

英 解說

迷路時如果手邊有地圖，可以指著地圖問路人：

到這個地方

- How do I get to this place on the map?

（我該怎麼到地圖上的這個地方？）

韓 解說

在韓國旅遊時如果迷路了，可以這樣求救：

- 길을 잃었어요.（我迷路了。）

道路

gi reul i reot-sseo yo

- 여기가 어디인가요?（這裡是哪裡？）

這裡　哪裡

yeo gi ga eo di in ga yo

013

MP3 013

希望旅館人員明天叫醒你……

英 Could you give me a wake up call at seven, please?

wake up call：電話喚醒服務

韓 7시에 모닝콜 부탁해요.

7點 / 電話喚醒服務 / 請…

il gob si e mo ning kol bu tak hae yo

英 解說

Could you give me... 是「請對方提供協助」或是「請對方提供物品」的常用說法，後面的 please 可以省略。其他用法如：

- Could you give me a hand?（你能幫我嗎？）

  hand：幫助

韓 解說

其他需要旅館提供的服務：

- 방청소 부탁해요.（請打掃房間。）

  打掃房間 / 請…

  bang cheong so bu tak hae yo

- 아침식사 주세요.（請給我早餐。）

  早餐 / 請給我

  a chim sik sa ju se yo

MP3 014

014

身體不舒服，請旅館人員找醫生……

英 I need a doctor, please.

韓 제가 불편해서

我 不舒服

je ga bul pyeon hae seo

의사를 봐야할 거 같아요.

想要看醫生

ui sa reul bwa ya hal geo ga ta yo

英 解說

如果要說明身體某處感覺疼痛，可以說：

頭痛 [ˋhɛdˏek]

- I have a headache.（我頭痛。）

胃痛 [ˋstʌməkˏek]

- I have a stomachache.（我胃痛。）

韓 解說

另一種說法是：

- 의사 좀 불러 주세요.（請幫我叫醫生。）

醫生 請叫…過來

ui sa jom bul reo ju se yo

如果要說明原因，可以說：

- 제 몸이 불편합니다.（我身體不舒服。）

我 身體 不舒服

je mo mi bul pyeon hap ni da

015

MP3 015

出旅館才發現下雨，回頭跟服務人員借傘……

英 May I borrow an umbrella, please?

umbrella 雨傘

韓 우산을 좀 빌려 줄래요?

우산 雨傘　빌려 줄래요 可以借我嗎

u sa neul　jom　bil ryeo　jul rae yo

英 解說

May I...（我可以…）是詢問對方是否許可的語氣。這句話也可以說：

- May I use your umbrella?（May I 我可以…）
  （我可以使用你們的傘嗎？）
- borrow [ˋbɑro] 借用 ／ umbrella [ʌmˋbrɛlə]

韓 解說

借了東西可以有禮貌地跟對方說：

- 좀 있다가 돌려드릴께요.（좀 있다가 待會　돌려드릴께요 還你）
  jom　it da ga　dol ryeo deu ril kkeo yo
  （我待會兒就拿來還。）
- 내일 돌려드릴께요.（我明天會拿來還。）（내일 明天）
  nae il　dol ryeo deu ril kkeo yo

離開旅館時，請旅館人員幫忙叫車……

英 Could you call a taxi for me, please?
（taxi：計程車）

韓 택시 좀 불러 주세요.
（택시：計程車；불러 주세요：請叫…過來）
taek si jom bul reo ju se yo

英 解說

taxi（計程車）的另一個說法是 cab [kæb]：

- Could you call a cab for me, please?（cab：計程車）
（請幫我叫一輛計程車好嗎？）

韓 解說

如果要加上計程車的數量，可以這樣說：

- 택시 한대 좀 불러주세요.
（택시：計程車；한대：一輛；불러주세요：請叫…過來）
taek si han dae jom bul reo ju se yo
（請叫一輛計程車。）

其他輛數的說法是：

- 두대 du dae （兩輛）
- 세대 se dae （三輛）

017

MP3 017

手機沒電了，想借用朋友的電話……

英 May I use your phone for a minute, please?

（use：借用、使用；for a minute：一下子）

韓 전화 좀 빌려 써도 될까요?

jeon hwa jom pil rye sseo do doel kka yo

（전화：電話；빌려 써도 될까요：可以借我嗎）

英 解說

要表達「借用」，英語常常用 use（使用）這個字，當然，用 borrow（借用）也是 OK 的：

- May I use / borrow the toilet, please?（toilet：廁所）
  （我可以借用廁所嗎？）

韓 解說

如果要向對方說明理由，則說：

- 제 휴대폰 밧데리가 없네요.
  je hyu dae pon bbat de ri ga eop ne yo
  （제：我的；휴대폰：手機；밧데리가：電池；없네요：耗盡）
  （我的手機沒電了……）

018

打了好幾次電話對方都不在，問接電話的人……

我可以留話嗎？

英 May I leave a message?
留言

韓 메모 좀 부탁할께요.
留言 請幫我…
me mo jom bu tak hal kke yo

英 解說

接電話時，主動詢問來電者是否要留言時，可以說：

- May I take a message?
收到留言
（我可以收到留言嗎＝您要留話嗎？）

韓 解說

接電話的人也可能主動問你：

- 메모 남겨드릴까요?（你要留話嗎？）
留言 需要留下…嗎
me mo nam gyeo deu ril kka yo

其他常見的電話用語，還有：

- 오시면 전화 달라고 해주세요.
打電話來 請…
o si myeon jeon hwa dal ra go hae ju se yo
（請他／她回電給我）

019

MP3 019

在航空公司櫃檯劃位，想要坐靠走道的座位……

請給我靠走道的座位

英 Can I have an aisle seat, please?
(aisle: 走道)

韓 복도 자리 부탁해요.

복도	자리	부탁해요.
走道	座位	請給我…、我要…
bok do	ja ri	bu ta kae yo

英 解說

如果要靠窗的座位，可以說：

- Can I have a window seat, please?
(window seat: 靠窗的座位)
（請給我靠窗邊的座位）

- aisle [aɪl] 走道、通道

韓 解說

其他的劃位常用說法有：

- 창가 자리 部탁해요.（請給我靠窗的座位。）

창가	자리	부탁해요.
靠窗	座位	請給我…
chang-gga	ja ri	bu ta kae yo

「…부탁해요」（請給我…、我要…），也是在買東西時，經常會用到的。例如，在飲料店時說：

- 홍차 부탁해요.（請給我紅茶。）

홍차	부탁해요.
紅茶	
hong cha	bu ta kae yo

剛好沒有零錢投置物櫃，要去便利商店換零錢……

英 Could you break this into coins, please?
換開、找開紙鈔為…

韓 잔돈 좀 바꿔주실래요?
零錢 可以幫我換嗎
jan don jom ba kkwo ju sil rae yo

英 解說

兌換成其他貨幣則用「change...into...」，例如：
換成某種幣值

- Could you change 100,000 Korean Won into U.S. dollars, please?
  （可以幫我將 10 萬韓幣換成美金嗎？）
- coin [kɔɪn] 硬幣、錢幣

韓 解說

記住韓元硬幣及個數的說法，換錢時會更方便：

- 오백원 동전（500元硬幣）o bae gwon dong jeon・백원 동전（100元硬幣）bae gwon dong jeon
- 오십원 동전（50元硬幣）o si bwon dong jeon・십원 동전（10元硬幣）si bwon dong jeon

硬幣的數量詞：

- 한개（1 個）han gae・두개（2 個）du gae・세개（3 個）se gae

021

MP3 021

在餐廳用餐，要再點一瓶啤酒……

英 One more beer, please.

韓 맥주 한병 더 주세요.

啤酒 一瓶 請再給我

maek ju han byeong deo ju se yo

英 解說

「再一杯」也適用 One more。其他啤酒說法有：

- Canned beer, please.（請給我罐裝啤酒。）
  罐裝的：Canned
- Bottled beer, please.（請給我瓶裝啤酒。）
  瓶裝的：Bottled

韓 解說

「한병」是「一瓶」，如果是杯子裝的飲料則說：

- 한잔 더.（再一杯。）
  一杯 再
  han jan deo

要加點食物時，可以對著服務生舉手並喊出「저기요 jeo gi yo」或「여기요 yeo gi yo」（不好意思），等服務生來到餐桌旁就指著菜單說：

- 한개 더 주세요.（我還要一份。）
  一個 請再給我
  han gae deo ju se yo

MP3 022

022

來到櫃檯，想要換錢或換外幣……

英 I need to change money, please.
換錢

韓 환전 해주세요.
兌換外幣 請…
hwan jeon hae ju se yo

英 解說

「change money」指「兌換零錢」或「兌換外幣」。除了用「change money」，還可以用「exchange money」：

- I need to exchange money.（換錢、換外幣）
  （我需要換錢／換外幣。）

韓 解說

這句話只適用於「兌換外幣」。想要兌換外幣時，加上想要兌換的外幣種類會更完整：

- 원화로 환전 해주세요.（我想要換韓幣。）
  韓幣 兌換外幣 請…
  won hwa ro hwan jeon hae ju se yo

如果是要「兌換零錢」，則說：

- 동전으로 바꿔주세요.（我想要換零錢。）
  零錢 請幫我換
  dong jeo neu ro ba kkwo ju se yo

023

MP3 023

行李輸送帶上沒有我的行李，著急地對朋友說……

英 I can't find my luggage.

行李

韓 제 짐을 아직 못찾았어요.

我的 行李 還沒有找到

je ji meul a jik mot cha jat-sseo yo

英 解說

驚覺行李可能遺失時，趕緊到機場的航空公司行李服務處（luggage information），或是失物招領櫃檯（lost and found）查詢。能夠申請行李遺失保險理賠的人，記得要在這裡申請一張證明書（certificate）。

- luggage [ˋlʌgɪdʒ] 行李（＝baggage）
- certificate [sɚˋtɪfəkɪt] 證明書、執照

韓 解說

如果要請機場人員幫忙協尋，可以這樣向對方求救：

- 제 짐이 아직 안나왔어요…

  我的 行李 還沒出來

  je ji mi a jik an na wat-sseo yo

  （我的行李沒有出來…）

提出疑問

024

MP3 024

聽到奇怪的巨大聲響，趕緊問旁人……

英 What happened?
發生

韓 무슨일이에요?
什麼事
mu seu ni ri ye yo

英 解說

也可以說：

- What was that?（那是什麼聲音？）
- Did you hear something?（你聽見什麼了嗎？）

韓 解說

這是覺得「狀況」或「氣氛」有異時的詢問用法。旁人可能會回答：

- 글쎄요, 저도 모르겠네요.
  我 也 不知道
  geul sseo yo jeo do mo reu get ne yo
  （咦？我也不知道欸……）

如果是覺得「某人」怪怪的，可以問說：

- 너 무슨 일 있어?（你怎麼了？）
  你 發生什麼事
  neo mu seun il it-sseo

MP3 025

025

買衣服時想要試穿，問店員……

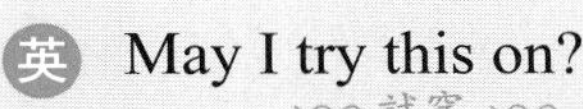

英 May I try this on?
試穿

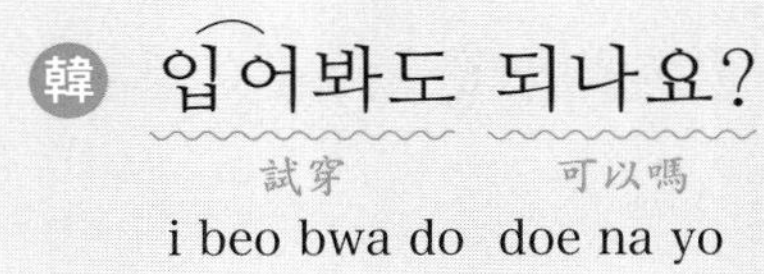

韓 입어봐도 되나요?
試穿 可以嗎
i beo bwa do doe na yo

英 解說

相關的說法還有：

- Where is the fitting room?（試衣間在哪裡？）
  fitting room：試衣間
- fitting [`fɪtɪŋ] 試衣

韓 解說

店員可能會回答：

- 죄송합니다. 입어 볼 수 없네요.
  抱歉 不能試穿
  joe song hap ni da i beo bol su eop ne yo
  （很抱歉，不能試穿。）

- 네, 입어보세요.（可以，請試穿。）
  是的 可以試穿
  ne i beo bo se yo

小叮嚀 在韓國購物時即使已經看到了試衣間，還是要先詢問店員是否能夠試穿才可以喔！

026

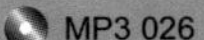
MP3 026

試穿後，詢問朋友的意見……

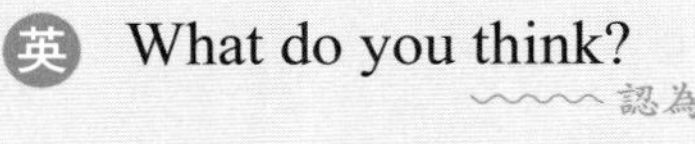

英 What do you think?（think：認為）

韓 어때? 괜찮아?

어때（怎麼樣） 괜찮아（還可以嗎）

eo ttae gwaen cha na

英 解說

也可以說：

- How do I look?（我看起來如何？）（look：看起來）

韓 解說

回答的人可以說：

- 잘 어울려.（很好看耶！）

  잘（非常） 어울려（好看）

  jal eo ul ryeo

- 그저 그래.（好像還好…）

  그저 그래（普普通通）

  geu jeo geu rae

- 안 어울리는거 같아.（我覺得不太適合你。）

  안 어울리는거（不太適合） 같아（似乎）

  an eo ul ri neun geo ga ta

試穿後不滿意這個顏色，問店員……

英 What other colors do you have?
顏色

韓 다른 색은 없나요?
其他的 顏色 沒有
da reun sae geun eop na yo

英 解說

也可以說：

- What other colors does it come in?（上市、有供貨）
（有上市其他顏色嗎？）

韓 解說

如果想買這個款式的其他顏色，可以問店員：

- 하양색 있어요?（有白色的嗎？）
白色 有
ha yang saek it-sseo yo

- 검정／빨강색 있나요?
黑色 紅色 有
geom jeong／ppal gang saek it na yo
（有黑色／紅色的嗎？）

028

MP3 028

服務生詢問套餐要搭配什麼飲料，反問服務生……

英 What drinks do you have?
（drinks：飲料）

韓 음료는 어떤 걸 고를 수 있나요?
（음료는：飲料　어떤 걸：哪些　고를 수 있나요：可以選擇呢）

eum ryo neun eo tteon geol go reul su it na yo

英 解說

drink 通稱所有飲料，soft drink 則指「不含酒精的飲料」，如可樂。在某些地方的用餐習慣是餐前先上飲料，服務生問你要喝什麼飲料時會說：

- May I take your drink order?（order：點菜、點飲料）

（我可以幫您點飲料嗎？）

韓 解說

韓國的套餐飲料和台灣的差不多。因此，也可以直接問服務生有沒有某種飲料：

- 커피／밀크티 있나요?（有咖啡／奶茶嗎?）
（커피：咖啡　밀크티：奶茶　있나요：有）

keo pi／mil keu ti it na yo

特別說明要「熱的」或「冰的」：

- 따뜻한 거／차가운 거로 주세요.
（따뜻한 거：熱的　차가운 거：冰的　주세요：請給我）

tta tteut han geo／cha ga un geo ro ju se yo

（我要熱的／冰的。）

MP3 029

029

結帳時想要刷卡……

英 Do you take credit cards?

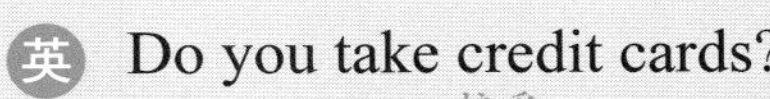

韓 카드 되요?

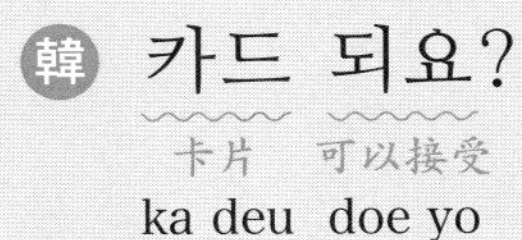

ka deu doe yo

英 解說

credit card（信用卡）的簡略說法為 card。這時候店家可能的回答為：

- Sorry, we don't take credit cards. (=cards)
  （對不起，我們不接受刷卡。）
- We take credit cards.
  （我們接受刷卡。）
- credit card [ˋkrɛdɪt kɑrd] 信用卡

韓 解說

店員可能會回答：

- 네 됩니다.（是的，可以刷卡。）
  是的 可以
  ne doep ni da
- 현금만 됩니다.（我們只收現金。）
  現金 只有
  hyeon geum man doep ni da

030

MP3 030

看到“xxx 禁止攜入”的告示，跟服務員確認一下……

英 Can I bring this in?

（bring … in：帶進去）

韓 이거 가지고 들어가도 되나요?

（이거：這個；가지고 들어가도：帶進去；되나요：可以嗎）

i geo ga ji go deu reo ga do doe na yo

英 解說

句中的 this 可以換成實際的物品，例如：

- Can I bring my cell phone／water bottle in?（cell phone：手機；water bottle：水壺）
  （我可以帶手機／水壺進去嗎？）
- cell phone [ˋsɛl fon] ／ water bottle [ˋwɔtɚ bɑtl̩]

韓 解說

對方的回答可能是：

- 네 됩니다.（可以的。）
  （네：是；됩니다：可以）
  ne doep ni da
- 죄송하지만, 안됩니다.
  （죄송하지만：不好意思；안됩니다：不行）
  joe song ha ji man an doep ni da
  （不好意思，這個不能帶…）

031

聽到對方說喜歡看書，深入追問……

英 What kind of books do you like?
　　種類（kind）

韓 어떤 책을 좋아하나요?
什麼（어떤）　書（책）　喜歡呢（좋아하나요）
eo tteon chae geul jo a ha na yo

英 解說

這句話也可以說：

- What kinds of books are your favorite?（favorite：最喜愛）
  （你最喜歡看什麼樣的書？）

在這之前的對話，通常是先問對方：

- Do you read regularly?（regularly：習慣性地）
  （你有閱讀的習慣嗎？）

- regularly [ˋrɛgjələlɪ]

韓 解說

這時候可以回答書的種類：

- 만화（漫畫）
  man hwa
- 추리소설（推理小說）
  chu ri so seol
- 소설（小說）
  so seol
- 로맨스 소설（愛情小說）（로맨스 = romance）
  ro man seu so seol

032

MP3 032

和朋友約定明天見面，讓對方決定時間……

英 When are you available?

available：有空的

韓 어떤 시간이 편해?

어떤 시간：什麼時間　편해：方便

eo tteon si ga ni pyeon hae

英 解說

也可以說：

- What time is good for you?（good：適合的（可指時間上的"方便"））
  （什麼時間你方便？）
- available [ə`veləbḷ]

韓 解說

如果想跟對方確定見面地點，則說：

- 어디서 만날까?（約哪裡好呢？）
  어디서：在哪裡　만날까：見面
  eo di seo man nal kka

約定好之後，可以和對方說：

- 그래 내일 만나자.
  그래：那麼　내일：明天　만나자：見面
  geu rae nae il man na ja
  （那麼，明天見囉～）

MP3 033

033

問路後得知搭車去竟要一個小時，想問問看其他的方法……

英 What are some other ways?

其他的路或方法

韓 다른 길도 있나요?

其他的道路　有

da reun gil do it na yo

英 解說

way 具有「道路、方向、方法」三種意思：

- Do you think this is a good way?（方法）
  （你覺得這是好方法嗎？）
- Excuse me, which way is the MRT station?（方向）
  （請問捷運站在哪一個方向？）
- Please show me the way.（路）
  （麻煩你為我帶路。）

韓 解說

也可以說：

- 이 길이 제일 빠른 길인가요?
  這條道路　最　快速
  i gi ri je il ppa reun gi rin ga yo
  （這是最快的方式嗎？）

034

MP3 034

在國外搭地鐵，不知道車廂內可不可以吃東西……

 Can I eat here?

eat：吃東西

韓 여기서 먹어도 되나요?

在這裡　吃東西　可以嗎

yeo gi seo　meo geo do　doe na yo

英 解說

在國外「禁止飲食」的標示旁，都會看到這樣的字：

- No food or drinks allowed.（禁止飲食）
  allowed：被允許

韓 解說

「可以…嗎」的詢問用法還有：

- 음료수 마셔도 되나요?（可以喝飲料嗎？）
  飲料　喝　可以嗎
  eum ryo su　ma syeo do　doe na yo

- 자전거를 가지고 가도 되나요?
  腳踏車　帶進去　可以嗎
  ja jeon geo reul　ga ji go　ga do　doe na yo
  （可以帶腳踏車嗎？）

小叮嚀　韓國的電車上可以飲食及嚼口香糖，但禁止吸菸。

巧遇多年不見的同學，問對方還記得自己嗎……

英 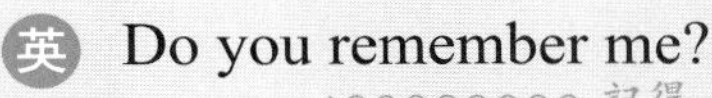
Do you remember me?
記得（remember）

韓 
나 기억해?
我（나）　記得（기억해）
na gi eo kae

英 解說

遇到許久沒見的朋友，最常見的互動是：

- A：It's been a long time.（好久不見！）

  B：Yeah, it's been almost ten years.（almost：將近）

  （是啊，將近十年了。）

- A：You haven't changed a bit!

  （你一點都沒變！）

  B：You haven't changed a bit either.（either：也）

  （你也沒變！）

韓 解說

對方的回答可能是：

- 그럼 기억하지!（當然記得！）

  當然（그럼）　記得（기억하지）

  geu reom gi eo ka ji

- 누구더라? nu gu deo ra （你是誰？）

  是誰（누구）

036

MP3 036

想約朋友出去，問對方今晚有空嗎……

英 Are you free tonight?
空閒的

韓 오늘 저녁 시간 있니?
今天 晚上 有空嗎
o neul jeo nyeok si gan it ni

英 解說

也可以說：

- Are you available tonight?（你今晚有空嗎？）
有空的

韓 解說

如果要問對方某一天有沒有空，則說：

- 토요일 시간 있니?（星期六有空嗎？）
星期六 有空嗎
to yo il si gan it ni

對方可能會回答：

- 있어, 무슨일 있어?
有啊 有什麼事嗎
it-sseo mu seu nil it-sseo
（有空啊，有什麼事嗎？）

- 시간이 없네.（沒空欸～）
時間 沒有
si ga ni eop ne

MP3 037

037

覺得朋友手機內的 APP 很有趣，問他如何下載……

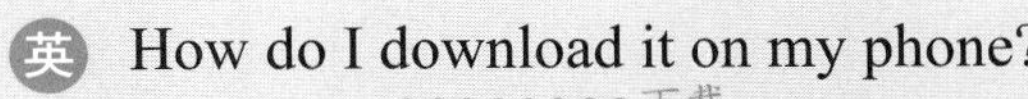

英 How do I download it on my phone?

下載

韓 어떻게 다운 받는 거지?

如何 下載

eo tteo ke da un bat neun geo ji

英 解說

on my phone（在我的手機上）。手機也可說cell phone，例如：

- I downloaded the cell phone wallpaper.（手機 桌布）

  （我下載了手機桌布。）

韓 解說

在台灣，稱呼可以下載到智慧型手機的各種軟體（application，應用程式）為「APP」，而韓文的說法是「어플（eo peul）」，如果要問對方在玩什麼APP，可以這樣問：

- 이건 무슨 어플이지?（這是什麼APP？）

  這是 什麼 App 軟體

  i geon mu seun eo peu ri ji

免費 APP 及付費 APP：

- 무료／유료 어플（免費／付費APP）

  免費 付費

  mu ryo／yu ryo eo peul

038

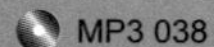

要進入會議室之前，先敲門確認……

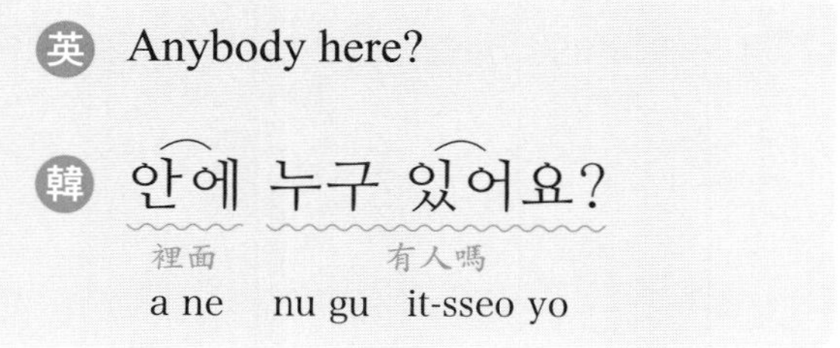

英 解說

日本和美國的職場習慣不同。在日本，沒敲門就進入會議場所很失禮。但在美國，則覺得不該讓敲門聲干擾會議進行，所以直接開門進去就可以了。

韓 解說

韓國的職場習慣和日本比較接近。在韓國，進入會議場所前一定要先敲門，如果沒敲門就直接進入是很沒禮貌的行為。

如果入內後要找某人，可以接著說：

- 누구누구 씨 있나요?

  先生／小姐 在嗎

  nu gu nu gu ssi it na yo

  （某某先生／小姐在嗎？）

MP3 039

039

座位好像坐滿了，好不容易發現一個空位……

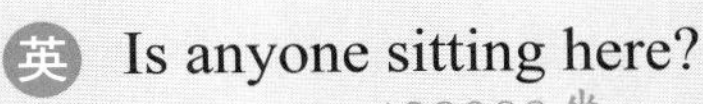

英 Is anyone sitting here?
（sitting：坐）

韓 여기 누구 앉나요?

여기（這裡）yeo gi　누구（誰）nu gu　앉나요（要坐嗎）an na yo

英 解說

也可以說：

- Is this seat taken?（這個座位有人坐嗎？）（seat：座位）

韓 解說

對方可能會回答：

- 아니요, 앉는 사람 없어요.
  아니요（沒有）a ni yo　앉는 사람（要坐的人）an neun sa ram　없어요（沒有）eop-sseo yo
  （沒有，這裡沒有人坐。）

- 네, 누가 앉았어요.
  네（是）ne　누가（某人）nu ga　앉았어요（坐了）an jat-sseo yo
  （這裡有人坐。）

040

MP3 040

小朋友睡覺前，確認他是不是刷牙了……

英 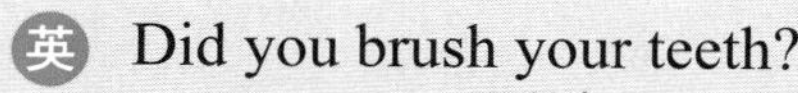
Did you brush your teeth?

brush：刷洗

韓 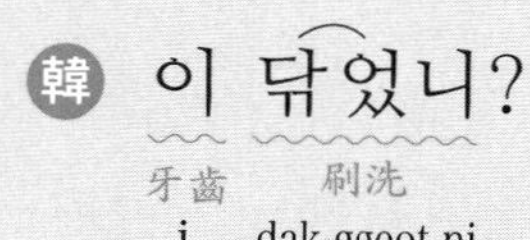
이 닦었니?

이：牙齒　닦었：刷洗

i dak-ggeot ni

英 解說

tooth（牙齒）這個字，要注意單複數的差異：

- 單數：tooth [tuθ]，複數：teeth [tiθ]
- He bought a tooth（單數） brush to clean his teeth（複數）.
（他買了一把牙刷刷牙齒。）

韓 解說

這是要問對方「你…了嗎？」的語氣，相關說法還有：

- 손 씼었니?（你洗手了嗎？）
  손：手　씼었：清洗
  son ssit-sseot ni
- 얼굴 씼었니?（你洗臉了嗎？）
  얼굴：臉
  eol gul ssit-sseot ni
- 가글 했니? ga geul hat ni（你漱口了嗎?）
  가글：漱口　했：做…

041

MP3 041

看到朋友的抱枕好可愛，想知道在哪裡買的……

英 Where did you buy it?
(buy：買)

韓 어디서 산거야?
(어디서：在哪裡；산거야：購買了呢)
eo di seo san geo ya

英 解說

表達「買到…」除了用「buy」，還可以用「get」。例如：

- Where did you get it? How much is it?
  (get：買到)
  （你在哪裡買到的？花多少錢買的？）

韓 解說

如果要繼續問「多少錢買的？」可以說：

- 얼마주고 샀어?（你花多少錢買的？）
  (얼마주고：付多少錢；샀어：購買了)
  eol ma ju go sat-sseo

如果自己也超喜歡的，可以說：

- 나두 갖고 싶다.（我也想要～）
  (나：我；두：也；갖고 싶다：想要)
  na du gat go sip da

042

MP3 042

一口氣買了好多，結帳時問店員總金額……

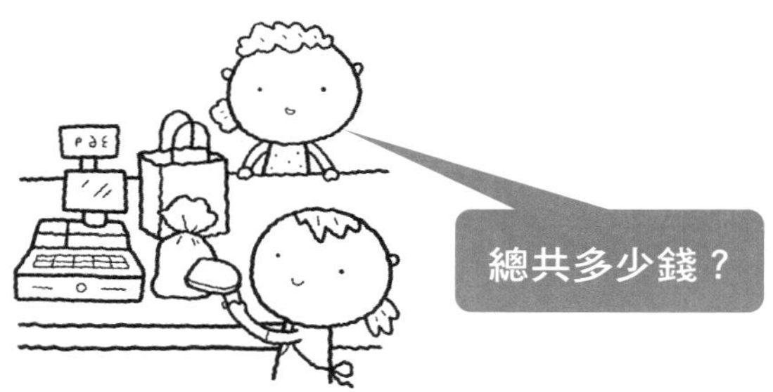

英 How much is everything?
所有的東西

韓 모두 얼마예요?
總共 多少錢
mo du eol ma ye yo

英 解說

更簡潔的說法是：

- What's the total?（合計多少錢？）

如果想要分開刷卡：

個別地 [ˋsɛpərɪtlɪ]

- Can I pay separately with a credit card?
（可以分開刷卡嗎？）

韓 解說

如果不知道在哪裡結帳：

- 계산대가 어디지요?（結帳櫃檯在哪裡?）
結帳櫃台 哪裡
ge san dae ga eo di ji yo

來到結帳櫃檯時：

- 계산 하려고 합니다?（麻煩你，我要結帳。）
結帳 我想要…
ge san ha ryeo go hap ni da

043

朋友宣布要閃婚，不可置信地問她…

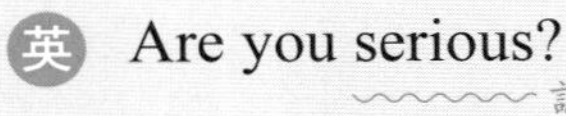

英 Are you serious?
serious：認真

韓 정말이야?
真的嗎
jeong ma ri ya

英 解說

也可以說：

- Are you sure?（你確定嗎？）
- Are you kidding?（你開玩笑嗎？）
  kidding：開玩笑
- You must be kidding me!（你一定在說笑！）
  kidding me：在跟我開玩笑

韓 解說

這時候，你也可能會說：

- 말도 안돼, 거짓말!（不會吧！你騙人！）
  말도 안돼：不可能　거짓말：說謊、騙人
  mal do an dwae geo jit mal
- 언제 결정된거야?（什麼時候決定的？）
  언제：何時　결정된거야：決定
  eon je gyeol jeong doen geo ya

044

MP3 044

想問問看買來回票是不是比較划算……

英 How much is a round-trip ticket?
來回票

韓 왕복표가 얼마예요?
來回票 多少錢
wang bok pyo ga eol ma ye yo

英 解說

如果要買「單程票」：

- How much is a one-way ticket?（單程票）
（單程票多少錢？）

韓 解說

如果只搭「單程」：

- 편도표가 얼마예요?（單程票多少錢？）
單程票 多少錢
pyeon do pyo ga eol ma ye yo

「…얼마예요?」適用於「…多少錢？」：

- 전부 얼마예요?（全部共多少錢？）
總共
jeon bu eol ma ye yo
- 세장 표가 모두 얼마예요?（三張票共多少錢?）
三張 票 共
se jang pyo ga mo du eol ma ye yo

MP3 045

045

避免前去用餐時客滿，先打電話去餐廳詢問……

英 Can I make a reservation, please?
（make a reservation：預定）

韓 예약가능한가요?
（예약：預約；가능한가요：可以嗎）
ye yak ga neung han ga yo

英 解說

進入有接受預訂的餐廳，通常服務生會先詢問：

- Do you have a reservation?（您有預約嗎？）

reservation 也適用於預訂旅館房間。例如：

- I would like to make a reservation for a single room.（我要預訂一間單人房。）
（single room：單人房）

韓 解說

在訂位時，服務生會問你訂位人數：

- 몇분이세요?（請問幾位？）
（몇분：幾位）
myeot bu ni se yo

這時可以回答：

- 네사람／세사람／두사람
（네：四個；사람：人；세：三個；두：兩個）
ne sa ram／se sa ram／du sa ram
（四位／三位／兩位。）

046

MP3 046

搭車很久還不見目的地，問一下司機……

英 How much longer does it take?
要再多久

韓 얼마나 더 가야해요?
還要多久 前往（目的地）
eol ma na deo ga ya hae yo

英 解說

longer 有「時間更久」、「長度更長」兩種意思：

- I really wish that I could stay longer.（真希望 / 待更久）
  （我真希望可以待久一點。）
- I want to exchange for a longer pair of pants.（更換 / 更長的）
  （我要換長一點的褲子。）

韓 解說

這是已經搭乘很久、卻不知道何時可以抵達的焦急問話。如果只是要詢問到達的時間，可以說：

- 언제 도착하지요?（什麼時候到達？）
  何時 到達
  eon je do chak ha ji yo

047

不小心感冒了，來到藥局買藥……

英 Do you have anything for treating a cold?

treating a cold：治療感冒

韓 감기약 있어요?

감기약：感冒藥　있어요：有

gam gi yak it-sseo yo

英 解說

cold 是指「一般的感冒」，而 influenza（縮寫為 flu）則是近年來引起全球注目的「流行性感冒」。

influenza 這個字源起於拉丁文 influentia，意為「星星所影響的」（古人認為許多疾病都是由星星散播的），後來轉變成 influence（影響）、再轉變成 influenza，近年來已在國際間獲得廣泛的認知。

- influenza [ˌɪnfluˋɛnzə] 流行性感冒

韓 解說

如果是要買其他的藥品：

- 두통약 있어요?（有頭痛藥嗎？）

  두통약：頭痛藥　있어요：有

  du tong yak it-sseo yo

- 위장약 있어요?（有胃藥嗎？）

  위장약：胃藥

  wi jang yak it-sseo yo

048

MP3 048

搭計程車趕時間卻遇上塞車，問司機來得及嗎……

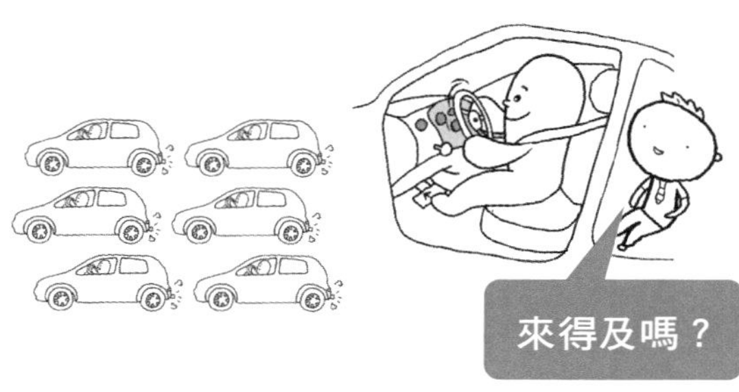

英 
Can we make it?
（make it：趕上）

韓 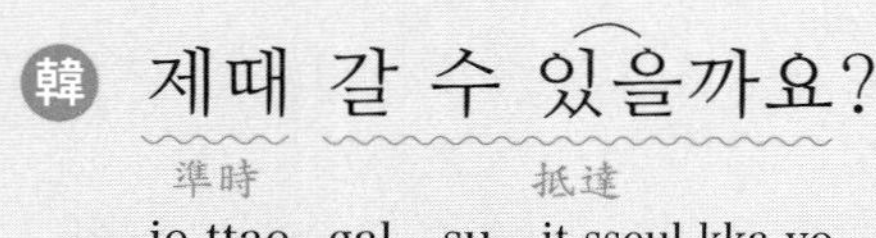
제때 갈 수 있을까요?
（제때：準時；갈 수 있을까요：抵達）

je ttae gal su it-sseul kka yo

英 解說

更完整的說法是：

- Can we make it in time?（我們來得及趕上嗎？）（in time：來得及）

in time 是「來得及」，on time 是「準時」：

- I wish I could leave work on time.（on time：準時）
  （我希望可以準時下班。）

韓 解說

此句適用於搭車時，詢問車輛是否能準時抵達目的地。如果是要問「來不來得及赴約」時，則說：

- 약속에 늦지 않을까요?
  （약속에：約會；늦지 않을까요：來得及、不會太遲）

  yak so ge neu-jji a neul kka yo

  （來得及赴約嗎？）

MP3 049

049

搭計程車陷在車陣中，心想改搭電車會快一點……

英 Where is the nearest station?
（nearest：最近的）

韓 가까운 지하철역이 어디인가요?
（가까운：距離最近的　지하철역：電車車站　어디：哪裡）
ga kka un ji ha cheol yeo gi eo di in ga yo

英 解說

如果非常趕時間，一上車就先讓司機知道：

- Excuse me, but I'm in a rush.（I'm in a rush：我趕時間）
（不好意思，我趕時間。）

韓 解說

也可以直接對司機說：

- 가까운 기차역까지 가주세요.
（가까운：距離最近的　기차역：火車站　까지：到…　가주세요：前進）
ga kka un gi cha yeok kka ji ga ju se yo
（請載我到最近的車站。）

除了黑色的「模範計程車（優良駕駛）」以外，韓國的一般計程車是白色、銀色和橘色，這種計程車的公定起跳金額是 2,400 韓元（約 62 元台幣），跳表金額則是每 144 公尺（或每 35 秒）100 韓元（約 2.6 元台幣）。

雖然起跳金額較台灣便宜，但跳表方式較台灣貴。

050

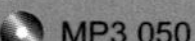

臨時要出差，打算在機場櫃檯等候補機位……

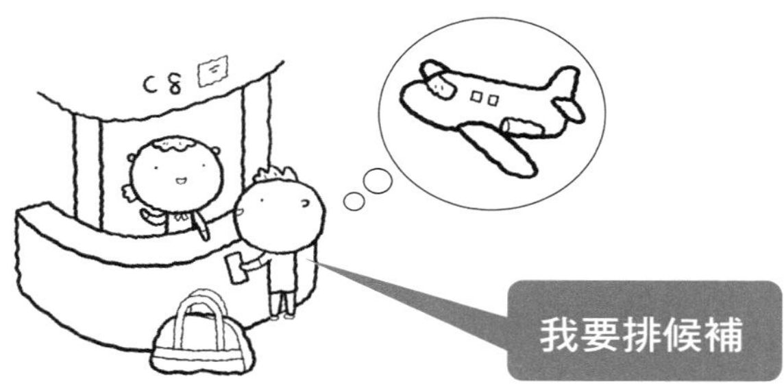

英 Could you put me on the waiting list, please?

waiting list：等候名單

韓 그럼 웨이팅 하겠습니다.

그럼：那麼　웨이팅：候補＝waiting　하겠습니다：我要…

geu reom　we i ting　ha get seup ni da

英 解說

如果班機客滿了，櫃檯地勤人員通常會說：

- This flight is full.（這班飛機客滿了。）
  full：客滿
- Do you want to wait for a vacancy?（您要等候候補空位嗎？）
  vacancy：空位
- vacancy [`vekənsɪ] 空位

韓 解說

可以接著問櫃檯人員：

- 현재 몇분이 대기 상태인가요?
  현재：現在　몇분이：幾個人　대기 상태인가요：等待候補
  hyeon jae　myeot bu ni　dae gi　sang tae in ga yo
  （目前有幾位在排候補？）

點菜時，體貼地問同桌友人不愛吃什麼……

英 Is there anything you don't like?
不喜歡 (don't like)

韓 안좋아하는 음식이 뭔가요?
不喜歡 (안좋아하는) 飲食 (음식이) 什麼 (뭔가요)
an jo a ha neun eum si gi mwon ga yo

英 解說

也可以詢問朋友：

- Is there anything you like?（你喜歡吃什麼？）
- Do you like rice, noodles or bread?
  米飯 (rice) 麵類 (noodles) 麵包 (bread)
  （你喜歡米飯、麵類、還是麵包？）

韓 解說

除了避開對方不喜歡的菜，也可以請對方看著菜單挑出喜歡的菜餚：

- 뭘 좋아하세요?（你喜歡什麼？）
  什麼 (뭘) 喜歡 (좋아하세요)
  mwol jo a ha se yo
- 뭘 먹고 싶으세요?（你想吃什麼？）
  想要吃 (먹고 싶으세요)
  mwol meok go si peu se yo

052

MP3 052

同事今天的香水很特殊，問她是什麼牌子的……

英 What perfume are you wearing today?
（perfume：香水；wearing：塗抹）

韓 오늘 뿌린 향수 무슨 브랜드야?
（오늘：今天；뿌린：噴灑；향수：香水；무슨：什麼；브랜드：品牌）
o neul ppu rin hyang su mu seun beu raen deu ya

英 解說

wear perfume（塗抹香水）。perfume 也可以當動詞：

- She perfumes herself every day.（perfumes：擦香水、使充滿香氣）
  （她每天把自己弄得香噴噴的。）

韓 解說

브랜드（品牌）源自英語的 brand。詢問「品牌、廠牌」的說法還有：

- 휴대폰은 어느 브랜드를 사용하세요?
  （휴대폰：手機；어느：哪一個；브랜드：品牌；사용하세요：使用）
  hyu dae po neun eo neu beu raen deu reul sa yong ha se yo
  （你用什麼廠牌的手機？）

搭計程車時，改變想法想在中途下車……

我可以在這裡下車嗎？

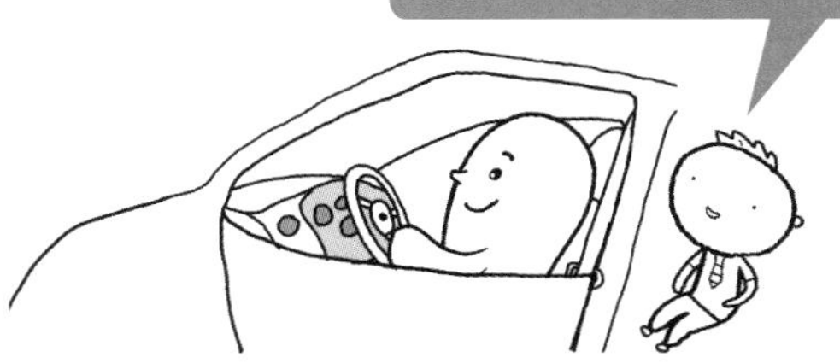

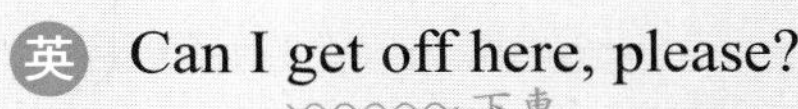

英 Can I get off here, please?
(get off：下車)

韓 저 여기서 내려도 될까요?

저	여기서	내려도	될까요?
我	在這裡	下車	可以
jeo	yeo gi seo	nae ryeo do	doel kka yo

英 解說

「上車」和「上其他交通工具」的說法不同：

- 上（車）：
  get on／get into／step into（a car）

- 上（飛機、船、火車）：
  get onto（a plane、a ship、a train）

韓 解說

也可以直接告訴司機：

- 여기까지만 탈께요.（我搭到這裡就好。）
  여기（這裡）까지만（為止）탈께요（搭乘）
  yeo gi kka ji man tal kkeo yo

- 여기에서 내려주세요.（請在這裡停車。）
  여기에서（在這裡）내려주세요（讓我下車）
  yeo gi e seo nae ryeo ju se yo

054

MP3 054

餐點吃不完，想要打包帶走……

英 Can I doggy bag it, please?
裝袋打包

韓 포장해주실래요?
包裝 可以
po jang hae ju sil rae yo

英 解說

也可以說：

- I'd like to take them home. 帶回家
（我想要把它們帶回家。）

- doggy [ˋdɔgɪ]

韓 解說

也可以說：

- 포장해주세요.（請幫我打包。）
包裝 請給我…、請幫我…
po jang hae ju se yo

如果需要手提袋裝：

- 쇼핑백 하나 주세요.（請給我一個提袋。）
手提袋 一個 請給我
syo ping baek ha na ju se yo

坐計程車前往目的地，問司機車程要多久……

英 How long does it take?
多久的時間

韓 얼마나 더 걸리까요?
多久 還需要
eol ma na deo geol ri kka yo

英 解說

「How long」是詢問「時間有多久」的疑問詞：

- How long will you stay?（停留、待著）
（你會待多久？）

- How long have you been in Taiwan?
（你來台灣多久了？）

韓 解說

如果想了解目的地的距離或方向，可以問司機：

- 거리가 먼가요?（距離這裡遠嗎？）
距離 遠
geo ri ga meon ga yo

- 어느 방향인가요?（是哪一個方向？）
哪一個 方向
eo neu bang hyang in ga yo

056

MP3 056

距離好像不遠，不知道走過去要多久……

英 How much time will it take to walk there?

走到那裡

韓 얼만큼 걸어야 할까요?

多久　走路

eol man keum geo reo ya hal kka yo

英 解說

也可以說：

- How long a walk is it from here?

  步行　從這裡

  （從這裡走過去要花多少時間？）

韓 解說

如果要問搭乘交通工具過去要多久時間，則說：

- 차로 얼마나 걸리나요?

  車　多久　需要

  cha ro eol ma na geol ri na yo

  （搭車要多久？）

- 지하철로 얼마나 걸리나요?

  電車　多久

  ji ha cheol ro eol ma na geol ri na yo

  （搭電車要多久？）

明天早上要出門，前一天晚上詢問對方⋯⋯

英 What time will you get up tomorrow?
起床 (get up)

韓 내일 몇시에 일어날꺼야?
明天 (내일) 在幾點 (몇시에) 起床 (일어날꺼야)
nae il myeot si e i reo nal kkeo ya

英 解說

會問對方幾點起床，通常是想知道什麼時候可以出發，所以可以接著說：

- When will we leave? (leave：出發、離開)
  （我們什麼時候出發？）

韓 解說

詢問「幾點鐘要做某件事」的說法還有：

- 몇시에 나갈꺼야?（幾點鐘出門？）
  在幾點 (몇시에) 出門 (나갈꺼야)
  myeot si e na gal kkeo ya

- 몇시에 만날까?（幾點鐘相約碰面？）
  見面 (만날까)
  myeot si e man nal kka

058

MP3 058

朋友推薦一部電影，想知道演員是誰……

英 Who's starring in it?
主演(starring)

韓 누가 나오는 거야?
是誰(누가) 演出(나오는)
nu ga na o neun geo ya

英 解說

詢問電影角色的說法還有：

- Who is in that movie?（那部片中有誰？）
- Who plays the lead?（誰演主角？）
  扮演(plays) 主角(lead)

  ＝Who plays the main role?（誰演主角？）
  主角(main role)

韓 解說

詢問對方覺得電影是否好看時可說：

- 어땠어?（覺得如何？）
  怎麼樣(어땠어)
  eo ttaet-sseo

如果非常喜歡，可以回答：

- 난 너무 좋았어.（我非常喜歡。）
  我(난) 非常(너무) 喜歡(좋았어)
  nan neo mu jo at-sseo

MP3 059

059

在高速列車窗口買票，問幾點抵達目的地……

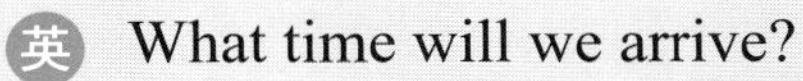

英 What time will we arrive?

arrive：到達

韓 몇시에 도착하나요?

몇시에：在幾點　도착하나요：到達

myeot si e　do chak ha na yo

英 解說

「到達」除了用 arrive，也可以用 get to：

- What time will we get to Seoul?（get to：到達）
  （我們什麼時候會到達首爾？）

韓 解說

如果要詢問下一班的抵達時間，則說：

- 다음 열차가 언제 도착하나요?
  （다음：下一班　열차가：火車　언제：何時　도착하나요：到達）
  da eum　yeol cha ga　eon je　do chak ha na yo
  （下一班幾點會抵達？）

如果不是搭乘可以精準確定抵達時間的交通工具，則說：

- 대략 몇시에 도착하나요?
  （대략：大約　몇시에：在幾點）
  dae ryak　meot si e　do chak ha na yo
  （請問大約幾點會到？）

060

MP3 060

每一種都好喜歡，真難以決定…先問朋友好了……

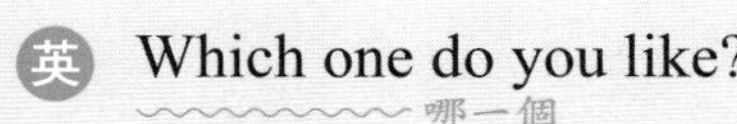

英 Which one do you like?
（哪一個 = Which one）

韓 넌 어떤게 좋아?
（넌 你／어떤게 哪一個／좋아 喜歡）
neon eo tteon ge jo a

英 解說

也可以說：

- What are you in the mood for?（你想要什麼？）
（in the mood for 心裡想要的）

- Which one do you prefer?
（prefer 較喜歡）

＝Which one do you like better?
（like better 較喜歡）
（你比較喜歡哪一個？）

韓 解說

對方的回答可能是：

- 난 이게 좋아.（我喜歡這個。）
（난 我／이게 這個／좋아 喜歡）
nan i ge jo a

061

好熾熱的太陽，這時候有冰涼飲料最好了……

英 Do you have any cold drinks?
冷飲

韓 차가운 음료수 있어요?
冰的 飲料 有
cha ga un eum ryo su it-sseo yo

英 解說

可以學一些「冷熱飲」的常用表達：

- Do you like cold or hot drinks?
（你喜歡冷飲還是熱飲？）

偏愛 [ˋparʃəl]
- I'm partial to cold drinks／hot drinks.
（我偏愛冷飲／熱飲。）

韓 解說

冷得直打哆嗦的時候：

- 뜨거운 음료수 있어요?（有沒有熱飲?）
熱的 飲料 有
tteu geo un eum ryo su it-sseo yo

飢餓得四肢無力的時候：

- 먹을거 있어요?（有沒有吃的？）
食物 有
meo geul geo it-sseo yo

062

MP3 062

看不太懂菜單上的今日特餐，直接問比較快……

英 What's the special for today?
special：特別的東西

韓 오늘은 뭐가 맛있어요?
오늘은：今天（o neu reun）
뭐가：什麼（mwo ga）
맛있어요：好吃的（東西）（ma sit-sseo yo）

英 解說

也可以問服務生：

- What would you recommend?（你推薦什麼?）
  recommend：推薦
- What's the most popular dish?（最受歡迎的是什麼菜？）
  popular：受歡迎的；dish：菜餚

韓 解說

也可以問服務生：

- 뭘 추천 하시겠어요?（你推薦什麼？）
  뭘：什麼（mwol）；추천 하시겠어요：請推薦（chu cheon ha si get-sseo yo）

如果決定接受服務生的建議，則說：

- 네 그걸로 주세요.（好的，我要來一客。）
  네：好（ne）；그걸로：這個（geu geol ro）；주세요：請給我（ju se yo）

晚餐時間廚房飄出令人垂涎的香味，不禁問道……

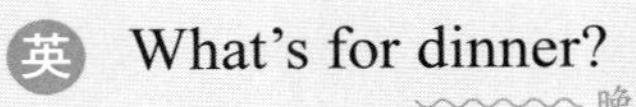

英 What's for dinner?
晚餐

韓 저녁 뭐 먹어요?
晚餐 什麼 吃
jeo nyeok mwo meo geo yo

這時候也可以對廚房裡忙著烹調的人說：

- What are you making?（你在煮什麼？）
  製作（原形為 make，可指"烹調食物"）
- Smells good!（好香喔！）
  聞起來
- smell [smɛl]

韓 解說

這時候也可以說：

- 아 냄새 좋다.（好香喔～～）
  很香
  a naem sae jo ta
- 배고파.（肚子餓了！）
  bae go pa

064

MP3 064

希望再逛一下，但又不希望耽誤對方接下來的行程……

英 Can you stay a little longer?

little longer：稍微長一點的時間

韓 좀 더 보려고 하는데 시간 괜찮아?

좀 더 보려고 하는데：還想要繼續看　시간：時間　괜찮아：沒問題

jom deo bo ryeo go ha neun de si gan gwaen cha na

英 解說

透過「Can you ... a little ...」（你能夠稍微…嗎）這樣的句型，可以順便學一個殺價用語：

- Can you go a little lower?（go：出售；lower：（價錢）更低）
  （你能夠稍微便宜一些嗎？）

韓 解說

這是不希望影響對方既定行程的體貼問法。也可以說：

- 시간 있어?（還有時間嗎？）（시간：時間；있어：有）
  si gan it-sseo（疑問句，語尾要上揚）

回答的一方可以說：

- 어 있어.（可以的，沒問題！）（어：嗯；있어：有）
  eo it-sseo（肯定句，語尾不用上揚）

想要多了解剛認識的新朋友……

英 How many siblings do you have?
（siblings：兄弟姊妹）

韓 형제자매가 몇분이세요?
（형제자매가：兄弟姐妹；몇분이세요：幾個人呢）
hyeong je ja mae ga myeot bu ni se yo

英 解說

也可以說：

- How many brothers or sisters do you have?（brothers：兄弟；sisters：姊妹）
  （你有幾個兄弟姊妹？）
- sibling [ˋsɪblɪŋ] 兄弟姊妹

韓 解說

知道彼此在家中的排行，可能會拉近人際之間的距離吧，讓彼此感覺更親近一些吧！

被別人這樣問的時候，可以回答：

- 오빠／언니 있어요.（我有哥哥／姊姊。）
  （오빠：哥哥；언니：姊姊；있어요：有）
  o ppa ／eon ni it-sseo yo

弟弟、妹妹的說法：

- 남동생（弟弟）
  nam dong saeng
- 여동생（妹妹）
  yeo dong saeng

066

MP3 066

在飛機上想看雜誌，問一下空服員……

英 What magazines do you have?
（magazines：雜誌）

韓 어떤 잡지가 있나요?
（어떤：什麼　잡지가：雜誌　있나요：有）
eo tteon　jap-jji ga　it na yo

英 解說

如果已經有報紙，想向空服員要一份不同的，則說：

- What other newspapers do you have?（other：其他的）
  （有其他的報紙嗎？）

韓 解說

「有哪些…？」是在飛機上非常好用的一句話。例如，空服員常常會問乘客：

- 음료수 드실래요?（需要飲料嗎？）
  （음료수：飲料　드실래요：需要嗎）
  eum ryo su　deu sil rae yo

這時候乘客可以回問：

- 어떤 것이 있나요?
  （어떤：什麼　있나요：有）
  eo tteon　geo si　it na yo
  （有哪些〈飲料〉呢？）

對方說了一堆卻不說重點，快要不耐煩了……

英 What are you trying to say?

試圖

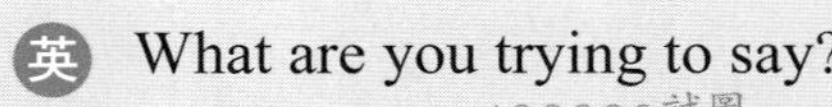

韓 말의 요지가 뭐야?

說話的重點　什麼

ma re yo ji ga mwo ya

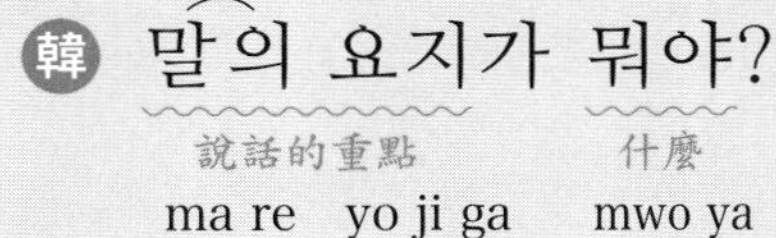

英 解說

也可以說：

- What's your point?（你的重點是什麼？）
  重點：point
- Don't confuse me like that!（別打啞謎了！）
  使我困惑：confuse me

韓 解說

覺得某人說話煩瑣沒有重點、已經感覺有點厭煩時所做的回應。也可以這樣回應對方：

- 아 못 알아 듣겠어요!（啊～好難懂喔！）
  啊　不懂、不理解
  a mot a ra deut get-sseo yo

- 그래서…?（所以…《你要說什麼？》）
  所以
  geu rae seo

068

MP3 068

不太了解對方所說的，請對方舉個例子……

英 Like what?
如同

韓 예로 들자면?
例子 舉出（例子）
ye ro deul ja myeon

英 解說

也可以說：

- Can you give me an example, please?
  例子
  （可以給我一個例子嗎？）

like 當動詞是「喜歡」，當介係詞是「如同…」：

- Is the matter really like this?
  事件 如同這樣
  （事情真的是這樣嗎？）

韓 解說

聽不懂或無法理解對方所說的，可以這樣回應：

- 난 못알아 듣겠어.（我不懂你說的。）
  我 無法聽懂
  nan mot a ra deut get-sseo

- 다시 한번 설명해줘.（請再說明一次。）
  再一次 請說明
  da si han beon seol myeong hae jwo

MP3 069

069

擔心公車不找零，大家上車前先湊零錢……

英 Do you have smaller bills?

smaller bills：小額的金錢

韓 잔돈 있어?

잔돈：零錢　있어：有

jan don　it-sseo

英 解說

美國的銅板（coin）有：

- 1分：penny [`pɛnɪ]
- 5分：nickel [`nɪkḷ]
- 10分：dime [daɪm]
- 25分：quarter [`kwɔrtɚ]
- 50分：fifty-cents [`fɪftɪ sɛnts]
- 1美元：one dollar [wʌn `dɑlɚ]

韓 解說

想和別人換零錢時，可以說：

- 잔돈 좀 바꿔 줄 수 있어요?

  잔돈：零錢　바꿔：更換　있어요：可以

  jan don　jom　ba kkwo　jul　su　it-sseo yo

  （可以和你換零錢嗎？）

070

MP3 070

臨時有小病痛到藥局買藥，得問清楚藥怎麼吃…

英 How often should I take it?

服用

韓 어떻게 복용해야 하나요?

如何 服用（藥物）

eo tteo ke bok yong hae ya ha na yo

英 解說

也可以說：

- How many times should I take it?

（我要服用幾次？）

「服藥」和「攝取營養素」的動詞都用 take：

攝取 維他命

- I take vitamins every day.（我每天攝取維他命。）
- vitamin [ˋvaɪtəmɪn]

韓 解說

服藥時間可能是「幾小時一次」：

- 6시간에 한번씩.（每六小時一次。）

鐘頭 一次

yeo seot si ga ne han beon ssik

或者是：

- 식전／식후 복용.（飯前／飯後服用。）

飯前 飯後 服用

sik jeon／sik hu bok yong

MP3 071

071

接下上司交代的工作，並詢問完成期限……

英 When's the deadline?
最後期限

韓 언제까지 해야하나요?
何時 為止 完成
eon je kka ji hae ya ha na yo

英 解說

這時候也可以問上司說：

- When do you need it?（什麼時候要給你？）
需要

學一下 deadline [ˋdɛdˏlaɪn] 的其他例句：

- The deadline you gave is really short.
期限
（您給我們的期限真的很短。）

韓 解說

被告知完成期限後，則回答說：

- 네, 알겠어요.（好的，我明白了。）
是的 我明白
ne al get-sseo yo

072

MP3 072

搭地鐵無法直達目的地，詢問在哪裡換車……

英 Where do I transfer to get there?
換車

韓 어디서 바꿔타야 하나요?
在哪裡 換車
eo di seo ba kkwo ta ya ha na yo

英 解說

transfer [træns`fɝ] 是指「轉乘、轉機」：

- I transfer to a bus after taking the MRT.
（搭捷運後我轉搭公車。）

- Will you transfer in Hong Kong or Macao?
轉機
（您要在香港還是澳門轉機？）

韓 解說

這是需要轉車、卻不知道該在哪裡轉乘的詢問法。如果是不知道該在哪一個車站下車，則說：

- 인사동은 어느역에서 내려야 하나요?
仁寺洞 在哪個車站 下車
in sa dong un eo neu yeo ge seo nae ryeo ya ha na yo
（仁寺洞是哪一個車站？）

不知道電話的另一端是誰，詢問對方的身分……

英 Excuse me, who is this?
哪一位

韓 실례지만, 누구세요?
不好意思 是哪位呢
sil rye ji man nu gu se yo

英 解說

也可以說：

- May I know who this is?（請問是哪一位？）

Excuse me 是表示「冒昧、不好意思」的語氣：

不好意思，請問…
- Excuse me, is this Miss Lin?
（〈電話中〉請問是林小姐嗎？）

- Excuse me, what is your name?
（請問你叫什麼名字？）

韓 解說

這是「詢問對方是誰」的用語，不管是和對方面對面、或是沒有面對面的情況下都可以使用。在面對面的情況下，可能說的還有：

- 우리가 만난적이 있나요?（我們見過面嗎？）
我們 曾經見面
u ri ga man nan jeo gi it na yo

074

MP3 074

結帳時，店員好像找錯錢了……

是不是找錯錢了……

英 I'm sorry, I think you gave me the wrong change...

韓 잘못 거슬러 준거 같아요.

找錯錢　給我　似乎

jal mot geo seul reo jun geo ga ta yo

英 解說

也可以利用結帳時，順便向店員換零錢：

- I want to change the dollar bill (紙鈔) for coins (硬幣).

（我想將紙鈔換成硬幣。）

- change A for B／把Ａ換成Ｂ

韓 解說

其實，在韓國不常發生「找錯錢」的情況，因為韓國的成年人大多使用信用卡付款，即使金額很少（例如 1,000 韓幣，約 26 元台幣）也都是刷卡結帳，而不用現金付款。

另外，除了商家，韓國人很少使用 10 元硬幣。韓國政府在幾年前推出新版硬幣時，特別減少 10 元硬幣的體積和重量，以節省鑄造成本。

在咖啡廳上網卻連不上網路，問一下服務人員：

英 Is the Internet working?
working：運轉、啟動

韓 인터넷 되나요?
인터넷：網路＝Internet　되나요：連結到…
in teo net　doe na yo

英 解說

也可以說：

- Are we online now?（目前有連接網路嗎？）
online：連線網路的

「上網」是 go online，「網友」則說 online friends：

- I go online almost every day.（我幾乎每天上網。）
go online：上網
- Do you have any online friends?（你有網友嗎？）
online friends：網友

韓 解說

連不上網路時還可以說：

- 인터넷 안됩니다.（網路沒辦法用…）
인터넷：網路　안됩니다：無法連上
in teo net　an doep ni da

和「網路」相關的說法有：

- 인터넷 서핑（上網）
서핑：瀏覽＝surfing
in teo net　seo ping

希望&要求

想和某人繼續聊，希望對方晚上打電話來……

英 Give me a call tonight.

（call：電話）

韓 오늘 밤에 전화주세요.

（오늘 밤에：今晚；전화주세요：打電話給我）

o neul ba me jeon hwa ju se yo

英 解說

也可以說：

- Give me a ring tonight.（今晚打電話給我。）（ring：電話）

韓 解說

如果沒有指定特定時間，則說：

- 시간 날때 전화해줘.（시간 날때：有空；전화해줘：請打電話）
  si gan nal ttae jeon hwa hae jwo
  （有空的話打電話給我。）

如果是跟對方說「我會打給你」，則是：

- 내가 전화 할께.（我會打電話給你～）（내가：我；전화 할께：打電話給你）
  nae ga jeon hwa hal kke

077

MP3 077

每次都輸他，拜託他這次“讓我一些吧”……

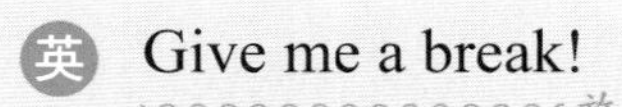

英 Give me a break!
放我一馬吧

韓 이번엔 나에게 양보해줘.

這一次 對我 讓步

i beo nen na e ge yang bo hae jwo

英 解說

也可以說：

- Please take it easy on me.（放鬆 / 對我）
  （拜託對我放水吧！）

韓 解說

眼看自己和對方的實力有明顯差距，在雙方展開較勁之前，可以這樣跟對手說。相同的說法還有：

- 좀 봐주라.（請手下留情。）
  봐주라：讓步給我
  jom bwa ju ra

當然，對方還是可以理直氣壯地說：

- 절대 안봐줘.（我不會讓你的！）
  絕對 不會退讓
  jeol dae an bwa jwo

馬上就要開會了，把資料交給部屬時說……

英 Take a quick look, please.
quick look：快速瀏覽

韓 빨리 보세요.
빨리：趕快　보세요：看
ppal ri bo se yo

英 解說

也可以說：

- Take a glance at it.（瞄一下這個。）
glance：一瞥、掃視
＝Give it a glance.（瞄一下這個。）
＝Take a glance through the report.
（看過一遍資料。）
- glance [glæns]

韓 解說

也可以附帶說明原因：

- 바로 회의 시작입니다.
바로：馬上　회의：會議　시작：開始　입니다：（句尾助詞）
ba ro hoe ui si ja gip ni da
（等一下就要開會了……）

079

MP3 079

要對方多說一些，希望挖到更多內幕……

英 Can I have more information, please?
資訊

韓 좀 더 말해주면 안될까?
再說一些　可以嗎
jom deo mal hae ju myeon an doel kka

英 解說

也可以說：

我想要知道

- I'd like to know more information about it.

（關於這件事，我希望能知道更多一些。）

韓 解說

這是對於話題感興趣的常見追問法。聽完對方的陳述後，為了鼓舞對方說話的情緒、也為了延續話題，往往會語帶驚訝地說：

- 진짜예요?（真的嗎？）

jin jja ye yo

也有對方不願意再多說、或者是真的不清楚狀況。這時候對方可能會說：

- 내가 아는 건 여기까지…

我　知道的　到這裡為止

nae ga a neun geon yeo gi kka ji

（我只知道這些…）

MP3 080

080

捨不得對方離開……能再多留一下有多好……

英 Can't you stay a little longer?
更久一點

韓 좀 더 있다가 가면 안될까?
多待一下再回去 可以嗎
jom deo it da ga ga myeon an doel kka

英 解說

stay 是指「停留、待在一個地方」，例如：

- Can you come and stay by my side?（待在我身旁）
  （你可以過來陪我嗎？）
- How long（多久） will you stay（停留）?（你會停留多久？）
- I want to stay one more night（多一晚）.（我想多住一晚。）

韓 解說

「再稍微…、再多…」的常見說法有：

- 더 먹어요.（再多吃一點吧！）
  再 吃一些
  deo meo geo yo
- 더 마셔요.（再多喝一點吧！）
  喝一些
  deo ma syeo yo

081

MP3 081

逛街時殺價是一定要的，一定要要求老闆……

英 Can you give me a better deal?

（better deal：一個較好的價格）

韓 좀 더 싸게 주세요.

（더：更；싸게：便宜；주세요：請給我）

jom deo ssa ge ju se yo

英 解說

也可以說：

- Could you cut the price a little, please?（cut the price：減價；a little：稍微）
  （可以算便宜一點嗎，拜託？）
- deal [dil] 交易、待遇

韓 解說

也可以說：

- 싸게 해주세요.（請算便宜一點。）
  （싸게：便宜；해주세요：拜託…、請…）
  ssa ge hae ju se yo

或者乾脆在計算機上按出價格給老闆看，然後說：

- 이렇게 해주세요.（這樣可以嗎？）
  （이렇게：這樣子）
  i reot ke hae ju se yo

想要關窗…禮貌性地問一下坐在窗邊的人……

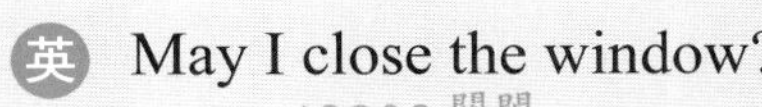

英 May I close the window?
(close：關閉)

韓 창문 닫아도 될까요?

창문	닫아도	될까요?
窗戶	關閉	可以嗎
chang mun	da da do	doel kka yo

英 解說

也可以說：

- Do you mind if I close the window?
  (mind：介意)
  （你介意我關上窗戶嗎？）

韓 解說

如果是想要開窗，則說：

- 창문 열어도 될까요?

창문	열어도	될까요?
窗戶	打開	可以嗎
chang mun	yeo reo do	doel kka yo

（我可以開窗嗎？）

對方可能回答說：

- 네 닫으세요／네 여세요.

네	닫으세요	네	여세요.
是	請關上		請打開
ne	da deu se yo	ne	yeo se yo

（可以，請關上吧。／可以，請打開吧。）

083

MP3 083

今天行程滿檔，客戶還臨時來談新案子……

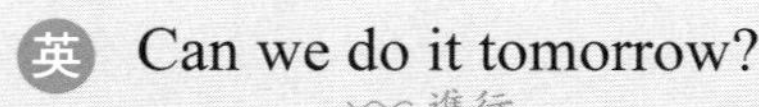

英 Can we do it tomorrow?

(do 進行)

韓 내일 얘기 해도 될까?

내일	얘기	해도 될까?
明天	討論	可以嗎
nae il	yae gi	hae do deol kka

英 解說

也可以說：

- We are not very convenient at the moment, could you please come back tomorrow?

  (convenient 方便的；at the moment 此刻；come back 再前來)

  （目前我們不太方便，你可以明天再來嗎？）

- convenient [kən`vinjənt] 方便的、合宜的

韓 解說

也可以說：

- 오늘은 약속이 꽉 찼네.

오늘은	약속이	꽉	찼네.
今天	約會	全部	額滿
o neu reun	yak so gi	kkwak	chat ne

（我今天都約滿了…）

點餐後餐點遲遲沒來，偏偏等一下還有約……

英 Can I have it right away, please?
馬上

韓 음식 빨리 좀 주세요.
菜餚 立刻 請給我
eum sik ppal ri jom ju se yo

英 解說

另一種說法是：

- How much longer will it take?（還要多久？）
  還要多久 花費（時間）

這時候，服務生可能如此回應：

- Please wait a second; I'll bring your meal right away.（請等一下，您的餐點馬上送過來。）
  等一下 你的點餐

韓 解說

這是用餐時間有限、餐點又遲遲不來的情況下，催促餐廳的絕佳用語。也可以問服務生說：

- 얼마나 기다려야 해요?（請問還要多久?）
  多久 等候
  eol ma na gi da ryeo ya hae yo

- 거의 다 됐나요?（就快要好了嗎？）
  即將 完成
  geo ui da dwaet na yo

085

MP3 085

雙方冷戰了兩天，也記不得為什麼原因吵架了……

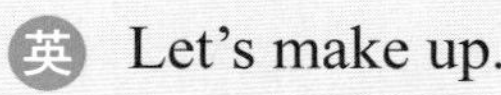

英 Let's make up.

和解

韓 우리 화해하자.

我們 和好

u ri hwa hae ha ja

英 解說

也可以說：

修補、平息 [pætʃ]

- Let's patch up.（我們和好吧！）

再看一個 make up 的例句：

和好 / 爭執 [ˋkwɔrəl]

- My friends and I always make up after we have a quarrel.

（我和朋友起爭執後總能和好如初。）

韓 解說

既然對方已經主動希望和解，不妨說這句話來展現你的風度吧：

- 나야 말로 사과 하고 싶었어.

我才是 對不起 想要說

na ya mal ro sa gwa ha go si peot-sseo

（我才是該說對不起。）

室內實在太熱了，希望對方能夠打開冷氣……

英 Could you turn on the air conditioner, please?

（turn on：開啟電源；air conditioner：冷氣）

韓 에어콘 켜도 되나요?

（에어콘：冷氣；켜도：開（電源）；되나요：可以）

e eo kon kyeo do doe na yo

英 解說

如果覺得很冷希望打開暖氣，可以說：

- Could you turn on the heater, please?（heater：暖氣）

（可以請你開暖氣嗎？）

turn on 用於「開啟電源」以及「打開某種裝置」，如水龍頭、蓮蓬頭：

- There is no hot water when I turn on the faucet.（turn on：打開；faucet：水龍頭）

（打開水龍頭都沒有熱水。）

- faucet [`fɔsɪt] 水龍頭

韓 解說

如果是相反，希望關上冷氣時，則說：

- 에어콘 꺼도 되나요?（可以關冷氣嗎？）

（에어콘：冷氣；꺼도：關（電源）；되나요：可以）

e eo kon kkeo do doe na yo

087

MP3 087

對方用一句「不可能！」回絕了，繼續央求對方……

英 You really can't make it?
完成

韓 정말 안될까요?
真的 沒辦法嗎
jeong mal an doel kka yo

英 解說

也可以說：

其他方法
- Is there any other way you can do it?
（你有其他的方法嗎？）

聽話的一方如果覺得還是很勉強，可以說：

我恐怕
- I am afraid that I can't make it.
（我恐怕不能答應。）

韓 解說

這是「沒辦法再、更…了嗎？」的請求用語。用這句話央求後如果對方還是拒絕，只好做「最後一搏的請求」，（鞠躬）說：

- 부탁드려요.（拜託你！）
bu tak deu ryeo yo

聽不懂對方所說的，請對方再說一次……

英 I beg your pardon.
寬恕

韓 다시 한번 말해줘요.
再一次 請說
da si han beon mal hae jwo yo

英 解說

跟對方說「I am sorry」對方也會知道你沒聽清楚。「I beg your pardon」也有「請你原諒」的意思，等於：

- I beg your forgiveness. (寬恕)
- pardon [ˋpɑrdn̩] ／ forgiveness [fɚˋgɪvnɪs]

韓 解說

在職場上或正式場合，要用比較尊敬、禮貌的說法：

- 다시 한번 말씀해주시겠어요?
  再一次 請說（尊敬用法）
  da si han beon mal sseum hae ju si get-sseo yo
  （請再說一次？）

若是因為周圍聲音干擾，沒聽清楚對方說話，則說：

- 미안해요 아까 제대로 못 들었어요.
  對不起 剛才 沒聽清楚
  mi an hae yo a kka je dae ro mot deu reot-sseo yo
  （不好意思，剛才沒聽清楚。）

089

MP3 089

和朋友正在講電話時電鈴響了，告訴對方……

英 Please hold on.

不掛電話

韓 잠깐 기다려.

等一下

jam kkan gi da ryeo

英 解說

也可以說：

- Please give me one minute／one moment.

一分鐘 一下子

（請給我一分鐘／一下子。）

one minute／one moment 都是指「短暫的片刻」。

如果是職場上不得不暫停電話，要正式一點：

- 잠깐 기다리세요.（請稍等。）

請稍等（尊敬用法）

jam kkan gi da ri se yo

如果是不方便講電話的時候，可以跟對方說：

- 좀 있다가 다시 전화 할께.

待會兒 再 打電話給你

jom it da ga da si jeon hwa hal kke

（我待會再打給你。）

MP3 090

090

準備了禮物送女朋友，希望她會喜歡……

英 Hope you'll like it.
（Hope：希望）

韓 너가 좋아해주면 좋겠다.
（너가：你；좋아해주면：喜歡；좋겠다：希望…）
neo ga jo a hae ju myeon jot ket da

英 解說

「Hope you...」（希望你…）的用法還有：

- Hope you can participate.（希望你能參與。）（participate：參與）
- Hope you can join us.（希望你能加入我們。）
- Hope you'll come again.（歡迎您下次再來。）
- participate [par`tɪsə͵pet] 參與

韓 解說

送禮時的客套話還有：

- 이건 나의 작은 성의야.
（이건：這是；나의：我的；작은：一點點；성의야：誠意）
i geon na e ja geun seong ui ya
（這是我的一點小心意…）

在以前，韓國人不能在送禮的人面前當場打開禮物，但現在，要不要當場打開禮物則是見仁見智。例如：有些韓國人在收到禮物時，會想要和其他人一起分享喜悅，就會當場打開禮物。

091

MP3 091

冰淇淋太好吃了，一吃就停不下來……

吃了還想再吃

英 I can't help munching on it!
大快朵頤

韓 먹어도 먹어도 또 먹고 싶네.
吃了又吃　而且　還是想吃
meo geo do meo geo do tto meok-ggo sip ne

英 解說

I can't help＝I can't stop（我無法停止…、我無法不…），後面要接「動詞ing」。例如：

- I can't help being touched.（我無法不感動。）（being touched：受感動）
- I can't help doubting you.（我無法不懷疑你。）（doubting：懷疑）
- munch [mʌntʃ] ／ doubt [daʊt]

韓 解說

在韓國的餐廳，只要點餐就會附送五、六盤小菜，像泡菜、炒馬鈴薯、小魚乾、黃豆芽等，且可以免費續盤。要是小菜吃完了還想再吃，則說：

- 반찬 좀 주세요.
小菜　請給我
ban chan jom ju se yo
（請給我小菜。）

已經訂好旅館，但臨時決定要多住一天，打電話給旅館……

英 I'd like to stay one more night.
（one more night：多一晚）

韓 하룻밤 더 묵을께요.
（하룻밤：一個晚上／더：還／묵을께요：想要住）
ha rut bam deo mu geul kke yo

英 解說

- single [`sɪŋgḷ]：單人房
- twin [twɪn]：兩張單人床的房間
- double [`dʌbḷ]：一張雙人床的房間

訂房時可以說：

- I would like to book a single room／a double room.（我要訂一間單人房／一間雙人房。）
（book：預訂 [bʊk]）

韓 解說

要「多住兩個晚上」，則說：

- 이틀밤 더 묵을께요.
（이틀밤：兩個晚上／더：還／묵을께요：想要住）
i teul bam deo mu geul kke yo
（我想多住兩晚。）

093

MP3 093

這次給朋友請客，一定要客套地說……

英 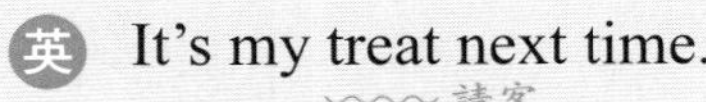
It's my treat next time.

treat：請客

韓 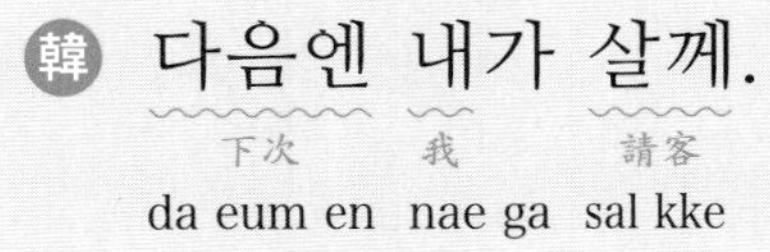
다음엔 내가 살께.

다음엔：下次　내가：我　살께：請客

da eum en nae ga sal kke

英 解說

也可以說：

- It's on me next time.（下次我請客。）

on me：我付錢

treat 是指「款待、請客」的意思：

- Let me treat you to a meal, ok?（讓我請你吃頓飯好嗎？）

meal：一餐

韓 解說

接受招待後，要對請客的一方表達感謝：

- 대접해주셔서 감사합니다.（謝謝招待。）

대접해주셔서：招待　감사합니다：謝謝

dae jeop hae ju syeo seo gam sa hap ni da

這時候，請客的一方要可以回應說：

- 아니예요.（不用客氣～）

a ni ye yo

希望快點看到對方手上的資料，請對方傳真過來……

英 Fax it to me, please.

韓 팩스를 보내 주세요.

傳真＝fax　傳送　請給我

paek seu reul　bo nae　ju se yo

英 解說

如果要對方用電子郵件的方式傳送，則說：

- Email me please.（請傳電子郵件給我。）

Email 可以當「動詞」及「名詞」使用：

- Remember to email me back.（記得回我 email。）（email：寫郵件（動詞））
- This is my email address.（這是我的電郵信箱。）（email：郵件（名詞））

韓 解說

其他的類似說法有：

- 이메일을 보내주세요.

  電子郵件　請傳給我

  i me i reul　bo nae ju se yo

  （請傳電子郵件給我。）

095

MP3 095

和朋友一起出去吃飯，習慣各付各的……

英 Can we get separate bills, please?
（separate bills：個別的帳單）

韓 각자 계산할께요.
（각자：各自；계산할께요：結帳）
gak ja ge san hal kke yo

英 解說

也可以說：

- We'd like to pay separately.（separately：分開地）（我們想分開付帳。）

bill 指「帳單」，pay the bill 則是「繳費」：

- water bill（水費）／ cell phone bill（手機費）
  power bill（電費）／ credit card bill（信用卡費）
- I pay my bills at the convenience store.（pay my bills：繳費；convenience store：便利商店）
  （我利用便利商店繳費。）
- separately [\`sɛpərɪtlɪ] 分開地

韓 解說

這是「各付各的」的說法。如果用餐後大家說要「平均分攤」，則說：

- 똑같이 나누자.（平均分攤！）
  （똑같이：平均；나누자：分攤、分配）
  ttok ga chi na nu ja

朋友不停地惡作劇，惹惱我了……

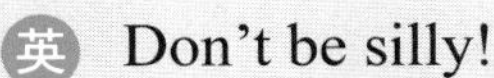

英 Don't be silly!

silly：無聊的、愚蠢的 [ˋsɪlɪ]

韓 그만 좀 해.

그만 좀：請停止

geu man jom hae

英 解說

實在受不了了，也可以說：

- Stop bugging me!（別煩我！）
  bugging：煩擾、激怒 [bʌgɪŋ]
- That's enough!（夠了！）

「Don't be...」（別⋯、不要⋯）的用法還有：

- Don't be nervous.（別神經質了。）
  nervous：不安的
- I'm here, don't be afraid!（有我在，別怕！）

韓 解說

也可以說：

- 너 정말 너무 하다.（你太過份了！）
  너：你　정말：太⋯　너무 하다：過分
  neo jeong mal neo mu ha da

097

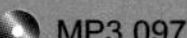
MP3 097

開車來加油，告訴工作人員要加滿油……

英 Fill it up, please.

填滿、裝滿

韓 휘발유 가득 넣어주세요.

（無鉛）汽油　請加滿

hwi bal yu　ga deuk　neo eo ju se yo

英 解說

也可以說：

- Full tank（油箱）, please.（請加滿油箱。）
- Half tank, please.（請加半滿油箱。）

韓 解說

如果要加特定公升的汽油，則說：

- 삼십리터 넣어주세요.（我要加30公升。）

  30 公升　請添加

  sam sip ri teo　neo eo ju se yo

到加油站時也可以直接說：

- 경유／휘발유로 넣어주세요.

  柴油　汽油

  gyeong yu／hwi bal yu ro　neo eo ju se yo

  （我要加柴油／汽油。）

MP3 098

098

看著美食節目，看到肚子都餓了……

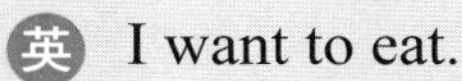

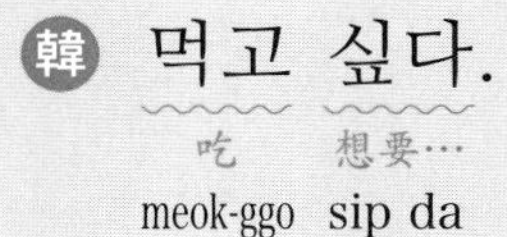

英 解說

這樣的情境下也可以說：

- I'm hungry now.（我餓了…）

英語的 want to 是指「想要做…」，例如：

- I don't want to eat anything.（我不想吃東西。）
- I don't want to talk.（我不想多說。）

韓 解說

其他類似的用法還有：

- 마시고 싶다.（好想喝喔～）
  喝 想要…
  ma si go sip da
- 가고 싶다.（好想去喔～）
  前往
  ga go sip da
- 사고 싶다.（好想買喔～）
  購買
  sa go sip da

099

MP3 099

有人喜歡向朋友炫耀有小三，卻又要神祕兮兮地說……

英 Don't let the cat out of the bag!

讓貓跑出袋子，引申為"洩密"

韓 어디가서 애기 하면 안돼.

到任何地方 講出去 不行

eo di ga seo yae gi ha myeon an dwae

英 解說

也可以說：

- Just between you and me.（只有你知我知。）

out of 是指「脫離、從…離開」，例如：

- Things have gotten out of control.（脫離控制（失控））
（事情變得一發不可收拾。）

- This style will never go out of fashion.（脫離潮流）
（這個款式不會退流行。）

韓 解說

通常在對別人說祕密之前，都會先小聲地說：

- 그게 있잖아…（我跟你說喔……）
我告訴你
geu ge it ja na

已經承諾「不對任何人說」，但朋友還是不放心，又再提醒一次……

英 Can you keep a secret?
保密

韓 아무도 얘기 하면 안돼.
任何人 講出去 不行
a mu do yae gi ha myeon an dwae

英 解說

當祕密已經不是祕密時，就變成了：

- An open secret.（一個公開的祕密）

「打勾勾」要這樣說：

- Make a pinkie（小指） promise（承諾） to someone.
（和某人用小指打勾勾約定。）

- pinkie [`pɪŋkɪ]（＝pinky）

韓 解說

「打勾勾」要這樣說：

- 우리 손가락 걸고 약속하자.
我們 手指 勾著 作約定
u ri son ga rak geol go yak so ka ja
（我們來打勾勾約定。）

韓國人在和別人互相作約定時，通常不會特別說什麼。但少數人會說一些誓言，類似「如果我不守承諾，我就跟你姓」。

101

MP3 101

希望口風不緊的朋友絕對要保密，別把事情說出去……

別和任何人說！

英 Do not tell anyone!

（tell anyone：告訴任何人）

韓 누구에게도 얘기 하면 안돼.

（누구에게도：對任何人　얘기 하면：講出去　안돼：不行）

nu gu e ge do yae gi ha myeon an dwae

英 解說

也可以說：

- Don't spread it around!（spread：散布　around：環繞、在周遭）

（不要把它傳出去！）

上面的 around 可以這樣用：

- Go ahead, I'll look around by myself.（look around：四處看看）

（你忙你的，我四處看看。）

韓 解說

也可以說：

- 쉿 이건 비밀이야.（噓～這是秘密喔～）

（쉿：噓　이건：這是　비밀：秘密）

sit i geon bi mi ri ya

陳述意見

對主管所說的話表示了解……

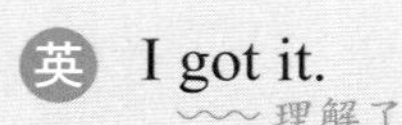

英 I got it.
理解了

韓 네 알겠습니다.
是 知道、明白
ne al get seup ni da

英 解說

更簡單的回應方式是：

- All right.（好的；知道了。）

句中的 got 是指「理解、記住、學會」，例如：

- I've got it under control.（我有把握。）
  理解 在掌控中
  ＝I've got this.

韓 解說

這句話的「問句」和「否定說法」是：

- 알겠나요?（你明白了嗎？）
  al get na yo

- 잘 모르겠습니다.（我不明白／我不懂。）
  非常 不明白
  jal mo reu get seup ni da

103

朋友找我一起去運動，給足對方面子而且很有禮貌的回應……

英 My pleasure.
愉快

韓 내가 영광인걸.
我　榮耀、光榮
nae ga yeong gwang in geol

英 解說

還可以感謝對方的邀約：

- Thanks for inviting me.（謝謝你邀請我。）
  邀請（原形invite）

多學幾個 pleasure（榮幸、愉悅）的例句：

- It is my pleasure to help you.
  （能幫忙是我的榮幸。）

- It's really a pleasure to meet you.
  認識你
  （認識你是我的榮幸。）

韓 解說

上面這句是非常有禮貌、聽起來非常窩心的話，不過對親密的朋友通常不會這麼客套，可以說得簡單一點：

- （好啊！）
  jot chi

104

MP3 104

我完全沒運動神經，竟要我做高難度動作，不可能啦……

英 No way!

韓 난 못해.

我　不行、做不到

nan　mot hae

英解說

也可以說：

going to的口語說法

- I’m not gonna do it!（我不會做那件事的！）

no way 是指「完全沒有這個可能」，例如：

免談　甚至

- No way, don’t even think about it！
  （免談，想都別想！）

韓解說

也可以說：

- 말도 안돼! 난 못해!

  不可能　我　不行

  mal do an dwae　nan mot hae

  （怎麼可能？！我做不到的！）

韓國人在說 난 못해（我不行、我做不到）的時候，有的人會一邊「搖手」，有的人會一邊「搖頭」。

MP3 105

105

隱約感覺朋友是亂講的，果真如此，如我所料……

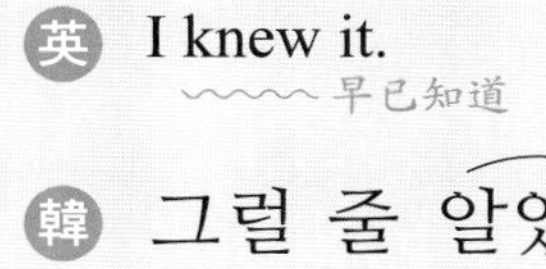

英 I knew it.

早已知道

韓 그럴 줄 알았어.

是這樣子 早就知道

geu reol jul a rat-sseo

英 解說

也可以說：

- I knew something wasn't right.（正確的）

（我就知道有事不對勁。）

right 當形容詞是「正確的」，當名詞是「權利」：

- You have the right to say "no".

（你有權說"不"。）

韓 解說

這是早就預知結果的說法，也可以說：

- 봐 과연 그렇지~（你看，果然是吧～）

你看 果然 是這樣吧

bwa gwa yeon geu reot chi

106

MP3 106

不知道對方說的是哪一國語言，一頭霧水⋯⋯

英 No idea.

韓 전혀 못알아듣겠는데요.

完全 聽不懂

jeon hyeo mot a ra deut get neun de yo

英 解說

也可以說：

- I don't have a clue at all.（我完全不明白。）
（線索 clue；完全 at all）

「否定＋at all」表示「完全不⋯」，例如：

- I don't know how to manage my money at all.（我完全不懂如何理財。）
（管理 manage）

- clue [klu] 線索、提示

韓 解說

「完全不能⋯、完全沒⋯」的說法還有：

- 무슨 음식인지 전혀 모르겠는데.

什麼菜餚 完全 不知道

mu seun eum si gin ji jeon hyeo mo reu get neun de

（完全吃不出來〈是什麼東西〉。）

107

只想隨意逛逛，但店員卻來招呼，只好告訴他……

英 Just looking.
（looking：看）

韓 그냥 둘러 보는 거예요.
（그냥：只是；둘러 보는：到處看看）
geu nyang dul reo bo neun geo ye yo

英 解說

也可以說：

- Just browsing.（只是隨意看看。）
（browsing：瀏覽、漫不經心地看（原形 browse））

某些人會用這句「Just...」來自嘲自己的生活：

- Just fooling around.（只是混日子。）

韓 解說

也可以說：

- 괜찮아요 알아서 볼께요.（我想自己看…）
（괜찮아요：沒關係；알아서 볼께요：我自己看）
gwaen cha na yo a ra seo bol kke yo

- 신경 쓰지 마세요.（請不用招呼我。）
（신경 쓰지 마세요：不用管我）
sin gyeong sseu ji ma se yo

這句話的另一個意思是小孩子嫌父母親太嘮叨時所說的「不要對我嘮叨！」。

108

MP3 108

挑選很久…終於決定要買哪一個，跟店員說……

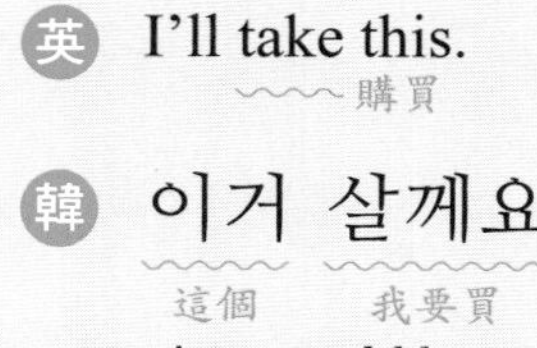

英 I'll take this.
take：購買

韓 이거 살께요.
이거：這個　살께요：我要買
i geo sal kke yo

英 解說

take 的用法很多，結帳時說「take」就表示「要購買」；問店家是否「接受」信用卡也適用 take：

- I'll take it for a lower price.（算便宜點我就買。）
  take：買　lower price：便宜一點
- Do you take credit cards?（你們接受信用卡嗎？）
  take：接受

韓 解說

上面這句是告知店家「我要買某樣東西」的意思。如果是在超市或便利商店等，自己拿著要買的東西去櫃檯結帳時，則要說：

- 계산할께요.（我要結帳。）
  계산：結帳　할께요：我要做…
  ge san hal kke yo

如果要說明尺寸：

- M 사이즈를 사려고요.（我要買M號的。）
  사이즈를：尺寸　사려고요：想要買
  m ssa i jeu reul sa ryeo go yo

打定主意今天要作東，結帳時跟大家說……

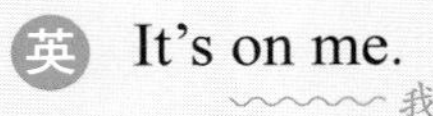

英 It’s on me.
（on me：我請客）

韓 내가 살께.
（내가：我；살께：請客）
nae ga sal kke

英 解說

也可以說：

- My treat.（我請客。）（treat：請客）
- I’ll take care of it.（我來處理。）（take care of：處理）

韓 解說

也可以說：

- 내가 낼께.（我來付。）（내가：我；낼께：付錢）
  nae ga nael kke

受招待的一方，記得這樣表達感謝：

- 사줘서 고마워요.（謝謝招待。）（사줘서：招待；고마워요：謝謝）
  sa jwo seo go ma wo yo
- 맛있어요.（很好吃。）
  ma sit-sseo yo

110

MP3 110

來到牛仔服飾專賣店，店員問要買什麼……

英 I'm looking for some jeans.
（looking for：找）

韓 청바지를 찾고 있어요.
（청바지를：牛仔褲；찾고 있어요：尋找（想要的物品））
cheong ba ji reul chat-ggo it-sseo yo

英 解說

jeans 是「牛仔褲」：

- I have every style of jeans.（我有各款牛仔褲。）（every style of：各種款式的…）

「一般長褲」是 trousers [`traυzɚz] 或 pants [pænts]，長褲的「件數」說法是：

- a pair of jeans（一件牛仔褲）（a pair of：一件）
- two pairs of pants（兩件長褲）（two pairs of：兩件）

韓 解說

也可以說：

- 청바지 있어요?（有牛仔褲嗎？）
（청바지：牛仔褲；있어요：有）
cheong ba ji it-sseo yo

吃完飯後有人覺得東西不好吃，但我覺得還好……

英 I think it's okay.
可以、不錯

韓 그래요? 난 몰랐네.
會嗎 我 不認為
geu rae yo nan mol rat ne

英 解說

也可以說：

- I think it's not that bad.（我覺得沒那麼糟。）

okay 就是常聽到的 O.K.，是指「可以、沒問題」：

- I promise that everything is okay.（一切沒問題）
（我保證一切沒問題。）
- You look pale, are you okay?（蒼白的／你還好嗎）
（你看起來臉色蒼白，還好吧？）
- pale [pel] 蒼白的

韓 解說

覺得食物不好吃，通常是因為：

- 너무 짜다／시다／기름지다.
太… 鹹 酸 油膩
neo mu jja da ／ si da ／ gi reum ji da
（太鹹／酸／油。）

112

MP3 112

陪朋友買禮物送人，朋友挑了一件，問我覺得如何……

我喜歡

英 I like it.

韓 난 좋은데.

我　喜歡

nan jo eun deo

英 解說

也可以這樣子表達你的「中意」：

- It looks good!（它看起來很棒！）

  (looks：看起來)

韓 解說

也可以說：

- 잘 고르는데.（你很有眼光！）

  很好的　選擇

  jal go reu neun de

如果是收到禮物時要表達自己對禮物的喜愛，則說：

- 너무 귀엽다.（好可愛喔！）

  非常　可愛

  neo mu gwi yeop da

- 멋진데.（真是讚！）

  很棒、很讚

  meot jin de

MP3 113

113

點餐最後服務生總會問“還要什麼嗎？”，制式回答就是……

英 That’s all for now.

韓 우선 이렇게 주세요.

우선	이렇게	주세요.
首先	這樣子	請給我
u seon	i reot ke	ju se yo

英 解說

另一種說法是：

- That’s it for now.（目前暫且先這樣。）

當然你也可以接著說：

- We’ll order more（再點更多菜） if it is not enough.
（如果不夠我們再點）。

韓 解說

在韓國，餐廳菜餚只區分「辣」或「不辣」，並沒有大辣、中辣、小辣等區別。韓國人普遍能吃辣，因此「辣的韓國菜餚」對多數的外國人可能會「太辣」。如果想吃辣但又無法吃太辣，可以在點餐時向店家說：

- 약간 맵게 해주세요.（我要一點點辣的。）

약간	맵게	해주세요.
稍微	辣	請給我…
yak gan	maep-gge	hae ju se yo

114

MP3 114

朋友想借東西，問我可以借到什麼時候，我說……

英 You can return it anytime you want.
（return：歸還）

韓 아무때나 괜찮아.
（아무때나：任何時候；괜찮아：都可以）
a mu ttae na gwaen cha na

英 解說

return 是指「歸還、返回」：

- I will return it tomorrow.（我明天還。）
（return：歸還）
- I return to my hometown once a month.
（return：返回；hometown：家鄉；once a month：一個月一次）
（我每個月都回家鄉一趟。）

韓 解說

「什麼時候都可以」應該算是一種客套話，一般都有個期限，例如：

- 다음에 만날때 돌려줘.
（다음에：下次；만날때：見面；돌려줘：還給我）
da eu me man nal ttae dol ryeo jwo
（下次碰面時還我吧！）

講完話發現現場氣氛不對，趕緊說句話來緩頰……

英 Just kidding.
開玩笑

韓 농담이예요.
玩笑話
nong da mi ye yo

英 解說

「開玩笑」還可以用 joking，例如：

- Just joking.（只是開玩笑。）
  開玩笑

韓 解說

自己講完話後發覺現場氣氛不對，有一點出乎意料之外時，可以趕緊說這一句話來緩頰。現場的人聽到你說這句話，大家的反應應該是：

- 농담이였구나.（原來是開玩笑啊～）
  玩笑話
  nong da mi yeot gu na

- 그게 뭐니.（唉呦～什麼嘛～）
  什麼嘛
  geu ge mwo ni

- 놀랐잖아.（嚇了我一跳…）
  nol rat-jja na

116

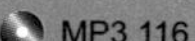

決定要點跟朋友一樣的套餐，跟服務生說……

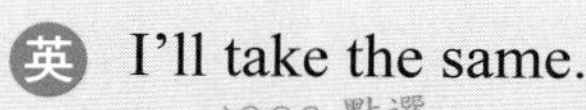

英 I'll take the same.
點選（take）

韓 저도 같은 걸로 주세요.

我也（저도）　一樣的（같은 걸로）　請給我（주세요）

jeo do ga teun geo ro ju se yo

英 解說

如果想點和隔壁桌相同的，會用到這兩句話：

- What is the table next to us having?
  我們的隔壁桌（the table next to us）
  （隔壁桌點的那一道菜是什麼？）

- I'll have what the table next to us is having.
  （指"隔壁桌吃的那一道菜"）（what）
  （我要點和隔壁桌一樣的。）

韓 解說

也可以等朋友點完餐後，跟服務生說：

- 저거로 주문 할께요.
  那個（저거로）　點選（주문）　想要（할께요）
  jeo geo ro ju mun hal kke yo
  （我也要點那個。）

對方問我拿手的是什麼？我想是鋼琴……

英 I can play piano well.
　　　　　　　　　　　　很好地

韓 나 피아노 좀 쳐.
我　鋼琴=piano　彈得不錯
na　pi a no　jom chyeo

英 解說

也可以說：

- I'm good at piano.（我擅長彈鋼琴。）
  good at：擅長（+名詞）

be good at（擅長）後面接「名詞」或「動詞ing」：

- I'm not good at making friends.（我不擅長交友。）
  not good at：不擅長（+動詞ing）　making friends：交朋友

韓 解說

也可以反問對方說：

- 너는? 어떤걸 잘해?
  你呢　哪一項　擅長、拿手
  neo neun　eo tteon geol　jal hae
  （你呢？什麼是你拿手的？）

118

MP3 118

輕輕鬆鬆就完成了，看到周遭投來佩服的眼神，忍不住自誇說⋯⋯

英 A piece of cake.
一塊蛋糕（形容"完全難不倒"）

韓 뭐 이쯤이야.
只是這樣而已
mwo i jjeu mi ya

英 解說

英語中常用 a piece of cake 來形容「極為簡單」。形容一件事非常簡單還可以說：

- A job is pleasant／easy／simple.（令人愉悅的）
  （這差事是輕鬆的／容易的／單純的。）

相反的情況則說：

- It's really difficult!（這真的非常困難！）

韓 解說

這是「輕而易舉完成」的一種自誇，也可以說：

- 봐 대단하지!（看～厲害吧！）
  你看 厲害吧
  bwa dae dan ha ji

如果是讚嘆別人很厲害，則說：

- 와 정말 대단하다.（哇～好厲害喔～）
  真正 厲害
  wa jeong mal dae dan ha da

好像兩邊都差不多路程，要決定走哪一邊……

英 I take this way.
選擇

韓 난 여기로 갈래.
我 這邊 走
nan yeo gi ro gal rae

英 解說

this way 是指「這邊、這個方向、這條路」：

- This way, please.（這邊請。）（This way：這個方向）
- His office is this way.（他的辦公室在這個方向。）（this way：這個方向）
- This way is a shortcut.（這條路是捷徑。）（This way：這條路；shortcut：捷徑）
- There will be less traffic this way.（這條路比較不塞車。）（less traffic：交通流量較少；this way：這條路）

韓 解說

這是選擇「路、方向」的說法。「選那邊」則說：

- 난 저기로 갈래.（我選那邊。）
我 那邊 走
nan jeo gi ro gal rae

120

MP3 120

點餐後叫到我們的號碼了，我說……

英 I'll go get it.
go get：去拿

韓 내가 가지고 올께.
내가：我　가지고 올께：去拿過來
nae ga　ga ji go　ol kke

英 解說

也可以說：

- I'll go take it.（我去拿。）
  go take：去拿

句中的 go get 是 go and get（去、並且拿）的口語說法。當兩個動作十分密切、幾乎是同時進行時，美式英語經常會省略中間的 and。上面的 go take 也是同樣的省略口語。

韓 解說

如果想請朋友去拿，則說：

- 좀 가져다 줄래?（可以請你去拿嗎？）
  가져다 줄래：請你拿過來
  jom ga jyeo da jul rae

另外，別忘了對提供服務的人說：

- 부탁해. bu ta kae（麻煩你～）
- 고마워. go ma wo（謝謝～）

擔心老婆太晚回家不安全，跟老婆說……

英 I'll go pick you up.

接某人

韓 내가 마중갈께.

我 去接送

nae ga ma jung gal kke

英 解說

句中的 go pick... 也是省略的口語（可參考上頁解說）。pick up 有很多意思，除了接某人之外，還有搭訕的意思。例如：

- Sandy got picked up at the bar last night.（被搭訕；酒吧）

  （Sandy 昨晚在酒吧被搭訕了。）

韓 解說

問對方需不需要去接他，則說：

- 내가 데리러 갈까?（要去接你嗎？）

  我 去接送嗎

  nae ga de ri reo gal kka

希望對方過來接你，則說：

- 데리러 와줘.（你來接我。）

  接送 過來

  de ri reo wa jwo

122

MP3 122

決定下周要去遊樂園，我自告奮勇要幫大家訂票……

買票的事交給我

英 I'll be in charge of the tickets.
負責

韓 티켓구매는 내가 할께.
買票 我來處理
ti ket gu mae neun nae ga hal kke

英 解說

in charge of 是「負責某事」：

- Hello, I am John, and I'm in charge of sales.（負責 業務）
（你好，我是約翰，我負責業務工作。）

- I'm in charge of planning and marketing.（企畫 行銷）
（我負責行銷企畫。）

韓 解說

適用範圍更大的是下面這句話，表明主動負責某件事情時，都可以這樣用：

- 나에게 맡겨.（交給我！）
給我 委託、交付
na e ge mat gyeo

接電話的人說對方不在，我說……

英 I'll call back later.
稍後

韓 좀 있다가 다시 할께요.
稍後 再 打（電話）
jom it da ga da si hal kke yo

英 解說

call back 是「打電話回來」，例如：

記得要…
- Remember to call back.（記得要打電話回來。）

如果接到某人來電，可是你現在無法撥出空檔和對方通話，則告訴他說：

回電話
- I'll get back to you later.
（我晚一點回電話給你。）

韓 解說

韓國人通常是從房間走出來接電話或打電話，因此韓國人在通話即將結束、要掛上電話時，會說：

- 끊겠습니다. 들어가세요.
要掛上囉 你可以進去了（形容"你可以去忙了"）
kkeun get seum ni da deu reo ga se yo
（我要掛囉。你可以去忙了。）

124

MP3 124

用餐後告知服務生要結帳……

英 I'll have the bill, please.
帳單

韓 계산할께요.
（我）要結帳
ge san hal kke yo

英 解說

也可以說：

- I'll have the check／tab, please.（我要結帳。）
  帳單　帳單

韓 解說

也可以直接一點說：

- 돈 낼께요.（我要付錢。）
  錢　付給你
  don nael kke yo

說完「我要買單」之後，可以接著問說：

- 모두 얼마예요?（總共多少？）
  總共　多少錢
  mo du eol ma ye yo

小叮嚀 在日本酒吧，告知服務生要結帳時，通常會將兩手食指交叉做出「X」的動作；在美國則是用握筆寫字的動作；但在韓國並沒有用來告知服務生要結帳的手勢。

有人問路，但這附近我也很陌生，只能說……

英 Sorry, I'm not sure where that is.
（where that is：那在哪裡）

韓 저도 잘 몰라서요.
（저도：我也／잘：不太…／몰라서요：不知道）
jeo do jal mol ra seo yo

英 解說

也可以說：

- I do not know clearly.（我不太清楚…）（clearly：清楚地）

clearly（明確地、清楚地）的用例有：

- Can you define that more clearly?（define：解釋）
  （可以解釋更清楚一點嗎？）
- clearly [`klɪrlɪ] 清楚地／define [dɪ`faɪn] 解釋

韓 解說

也可以跟對方說：

- 여기 사는 사람이 아니예요.
  （여기：這裡／사는 사람：居民／아니예요：並非…）
  yeo gi sa neun sa ra mi a ni ye yo
  （我也不是這裡的人／本地的人…）

126

MP3 126

利用電腦搜尋一下，終於找到存檔的地方了……

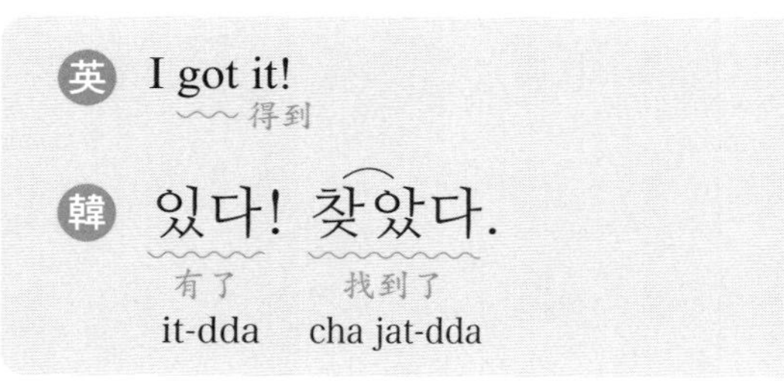

英 I got it!
（got：得到）

韓 있다! 찾았다.
（있다：有了；찾았다：找到了）
it-dda cha jat-dda

英 解說

「I got it」有「我找到了、我瞭解了、我想起來了」等意思。這句話也可以說：

- I found it.（我找到了。）（found：找到）

find（找到、尋得）的「過去式」和「過去分詞」都是 found：

- Has everyone found a seat?（seat：座位）
（大家都找到座位了嗎？）

韓 解說

如果耗費時間和力氣才終於找到，則說：

- 드디어 찾았다.（終於找到了！）
（드디어：終於；찾았다：找到了）
deu di eo cha jat-dda

想向哥哥借 1000 元，沒想到他立刻回絕說……

英 No way.

韓 꿈도 꾸지마.

夢 別做（夢）

kkum do kku ji ma

英 解說

也可以說：

- Not possible.（不可能的。）
  possible：可能的

possible（可能的）的相反詞是 impossible：

- Don't even think about it, it's impossible for me to help you.（想都別想，我不可能幫你。）
  Don't even think about it：想都別想；impossible：不可能的

韓 解說

類似的說法是：

- 불가능해. bul ga neung hae （不可能。）
- 안돼. an dwae （不行。）
- 부탁해도 소용없지.（就算拜託也沒用！）
  拜託 也 沒有幫助、沒用
  bu ta kae do so yong eop ji

128

MP3 128

等了半天沒看到人，打電話找到人時，對方急促地說……

我馬上就到

 I'll be there in a minute.

到那裡　立刻

 금방 도착해.

立刻　到達

geum bang　do cha kae

 解說

也可以說：

- I will be there soon.（我很快就會到那裡。）

be there 是指「到達那裡、在那裡」：

- I will be there, of course.（我一定到。）
- I will be there if I can.（如果可以我一定會到。）

 解說

如果要加上具體的時間，則說：

- 5 분후면 도착해.（五分鐘後會到達。）

分 之後　到達

o bun hu myeon　do cha kae

- 10분후면 도착해.（十分鐘後會到達。）

sip bun hu myeon　do cha kae

129

出門前跟家人說……

英 I'm taking off.
（taking off：離開）

韓 다녀오겠습니다.
da nyeo o get seum ni da

也可以說：

- I am leaving.（我要離開了。）
（leaving：離開（原形：leave））

take off 指「離開、飛機起飛」：

- We're going to take off.（我們先走了。）
（take off：離去）
- The plane will take off soon.（飛機快起飛了。）
（take off：起飛）

這是出門時的慣用句，聽到的家人會回應：

- 조심해서 다녀와.（路上小心。）
jo sim hae seo da nyeo wa

回到家時則要說：

- 다녀왔습니다.／다녀왔어.（我回來了。）
（다녀왔습니다：尊敬用法，向家人說的；다녀왔어：普通用法，向朋友說的）
da nyeo wat seum ni da ／ da nyeo wat-sseo

130

MP3 130

比較 A 餐和 B 餐，我喜歡的是……

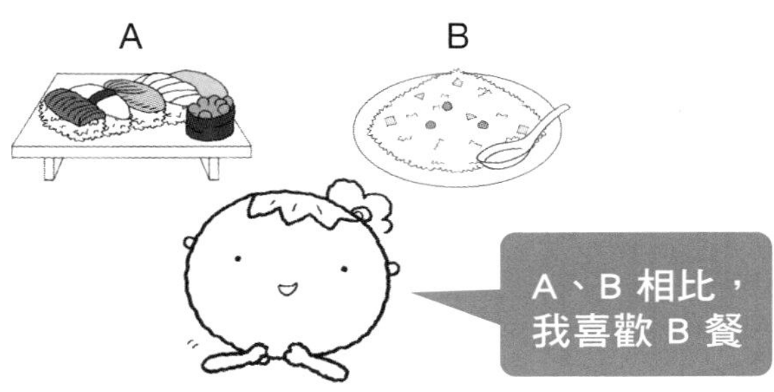

英 I prefer combo B to combo A.
combo：套餐

韓 나는 B 코스가 좋아.
나는：我　코스가：套餐＝course　좋아：喜歡
na neun b　ko seu ga　jo a

英 解說

prefer 是「更喜歡、寧可選擇」的意思：

- Which one do you prefer?
  （你比較喜歡哪一個？）

各國的「套餐」說法稍有差異，日本稱為セット（來自 set 這個字）；美國和加拿大多用 combo [ˋkɑmbo]，但也用 set 或 course [kors]；韓國則是 코스（源自 course）。

韓 解說

其他「二擇一」的用法，例如：

- 난 개가 더 좋아.（〈貓狗相比〉我喜歡狗。）
  난：我　개가：狗　더 좋아：更喜歡
  nan　gae ga　deo　jo　a

- 난 고양이가 싫어.（〈貓狗相比〉我較討厭貓。）
  고양이가：貓　싫어：不喜歡
  nan　go yang i ga　si reo

地震才剛停，怎麼又開始搖起來了……

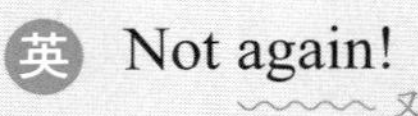

英 Not again!
又、再

韓 또 왔다, 말도 안돼.
又來、又出現 不會吧、不可能吧
tto wat da mal do an dwae

英 解說

這種情況下也可以說：

- Geez!（唉呀！）[dʒiz]

Not 開頭的句子，是非常簡潔的口語說法，例如：

- Not bad.（還不錯。）
- Not so difficult.（沒那麼困難。）
- Not what you expected, is it?（你所預期的）
（出乎你的意料之外，不是嗎？）

韓 解說

這是當心裡出現「不情願、不喜歡」的感覺時所說的一句話。也可以說：

- 정말 싫다.（真是討厭啊～）
真的 討厭
jeong mal sil ta

132

MP3 132

同事跟你借東西，你大方的說……

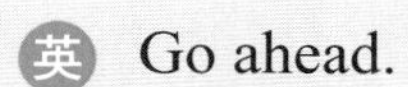

英 Go ahead.

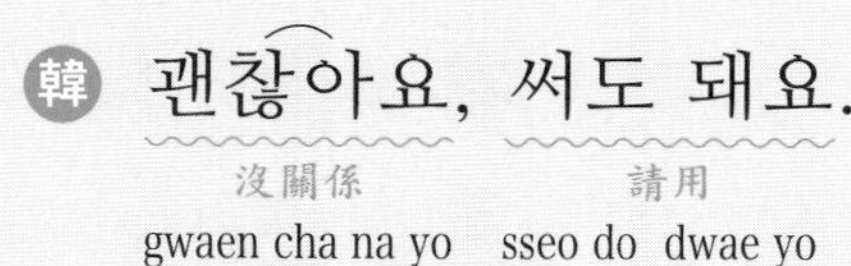

韓 괜찮아요, 써도 돼요.

沒關係 請用

gwaen cha na yo sseo do dwae yo

英 解說

這時候回答 go ahead 最自然，更完整的說法是：

- No problem, go ahead.（沒問題，你用。）
  （No problem：沒問題）

- Go ahead, there's no need to be overly polite.（你請用，不用客氣。）
  （overly polite：過度有禮（可指"客氣"））

另一種回答、也較簡潔的是：

- sure.（當然可以！）

- ahead [əˋhɛd] ／ overly [ˋovɚlɪ]

韓 解說

可以一邊把東西拿給對方，一邊說上面那句話。也可以這樣回應：

- 좋아요.（好啊。）
  jo a yo

剛買的新車竟然被惡意刮傷，真是可惡……

英 Damn it!（咒罵）

韓 맙소사.
map so sa

英 解說

這時候也可能大聲驚呼：

- Oh my god!（我的天啊！）

damn [dæm] 的詞性和意義：
（名詞、動詞）詛咒、咒罵
（形容詞）該死的、糟透的

美國人生活中常有提及上帝（God）的對話，如：

- God bless（祝福） you.（上帝會祝福你的。）
- God will not forgive（原諒） you.（上帝不會原諒你的。）

韓 解說

這是充滿憤怒時所說的話，語氣一定要帶有「火山即將爆發」的氣氛……。也可以說：

- 어떻게 이렇게 됐어!（怎麼會這樣啊！）
  - 어떻게（怎麼會） eo tteo ke
  - 이렇게（這樣子） i reo ke
  - 됐어（發生） dwaet-sseo

134

MP3 134

有人提議開車去兜風，我馬上附議……

英 Good idea!（好主意）

韓 좋아.
jo a

要表達附議時還可以說：

- That sounds great!（那聽起來很棒！）（sounds：聽起來（原形 sound））
- Sure let's go!（當然好，我們走！）
- I'm in!（加我一份！）

great 指「美妙的、極佳的」，例如：

- I feel great.（我覺得一切都很好！）
- I passed the exam, that's great!（passed the exam：通過考試）
  （我考試過關了，太棒了！）

這是「很高興地同意」的語氣。也可以說：

- 난 찬성.（我贊成～）
  난（我）nan　찬성（贊成）chan seong

MP3 135

135

入境時海關人員詢問要停留多久，我回答……

英 I plan to stay for a week.
（plan：預定）

韓 일주일 정도 있을 예정이에요.

일주일	정도	있을	예정이에요.
一周	大約	停留	預定
il ju il	jeong do	it-sseul	ye jeong i ye yo

英 解說

海關常問的另一個問題是：

- What is the purpose of your visit?（purpose：目的；visit：逗留）
  （你這次來的目的是什麼？）

句中的 plan to 是指「打算、預計」，用法如：

- I plan to buy a car.（我打算買車。）
- I plan to run my own company.（我打算創業。）（run my own company：經營自己的公司）

韓 解說

也可以說「預定待到…日期為止」。例如：

- 십오일까지 있을 예정이에요.

십오일	까지	있을	예정이에요.
15日	為止	停留	預定
sip o il	kka ji	it-sseul	ye jeong i ye yo

（預計待到 15 日。）

136

MP3 136

覺得對方的話語意不明，直接告訴他……

我完全不懂

英 I don't get you.
理解

韓 하나도 못 알아 듣겠어요.
完全 不懂
ha na do mot a ra deut get-sseo yo

英 解說

也可以說：

沒有線索、不知道
- I have no clue what you're talking about.
（我不知道你在說什麼。）
- I don't have a clue.（我一點頭緒也沒有。）

韓 解說

也可以說：

- 무슨 말인지 못 알아 듣겠어요.
什麼話 不懂
mu seun ma rin ji mot a ra deut get-sseo yo

韓國人在說這句話的時候，有些人會將頭傾向一邊（表示疑惑）、或者也有的人會用手搔後腦勺。

感覺計程車司機很親切，付錢時說不用找了……

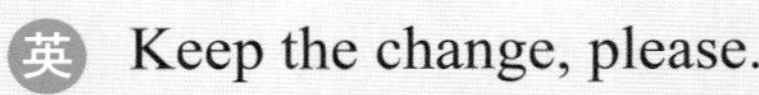

英 Keep the change, please.

change：零錢

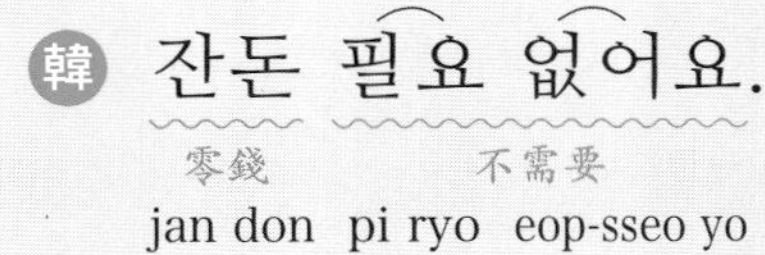

韓 잔돈 필요 없어요.

잔돈：零錢　필요 없어요：不需要

jan don pi ryo eop-sseo yo

英 解說

一般店員或司機找錢給你時會說：

- Here is your change.

  （這是你的找零。）

韓 解說

韓國並沒有給小費的習慣，像是餐廳的服務費會包含在餐費裡，不需要另外支付。而搭計程車時，韓國人也不會給司機小費，除非是有請司機幫忙的特殊情況。

如果想把找零當成小費，當司機找錢給你的時候可以這樣說：

- 팁이라고 생각하고 받으세요.

  팁：小費　생각하고：當作　받으세요：請收下來

  ti pi ra go saeng gak ha go ba deu se yo

  （就當作小費吧，請收下來。）

138

MP3 138

聽到笑不出來的笑話，覺得……

英 That's lame.
沒說服力的(lame)

韓 너무 재미없다.
非常(너무) 無聊(재미없다)
neo mu jae mi eop-dda

英 解說

也可以說：

- That was a lousy joke.（那是一個無聊的笑話。）
  令人提不起勁的笑話(lousy joke)

joke 當動詞則是「搞笑、開玩笑」的意思，例如：

- He is funny and likes to joke around.
  有趣(funny) 和周遭搞笑(joke around)
  （他很有趣，而且喜歡到處開玩笑。）

- lousy [ˋlaʊzɪ] 討厭的、差勁的

韓 解說

其他說法還有：

- 웃음도 안나와.（根本笑不出來…）

  笑(웃음도) 無法…(안나와)
  u seum do an na wa

- 지루해.（很無趣…）
  ji ru hae

朋友找我去 Pub，但昨天才和女友吵架，實在沒心情……

英 I'm not in the mood.
mood：心情、情緒

韓 그럴 기분이 아니야.
그럴：這樣的…　기분：心情　아니야：並非是…
geu reol　gi bu ni　a ni ya

英 解說

也可以說：

- I don't feel like going.（我不想去。）
（don't feel like：不想…（＋動詞ing））

mood 可用來表達「好心情、壞心情」：

- I'm in a good mood／in a bad mood.
（in a good mood：好心情；in a bad mood：壞心情）

韓 解說

婉拒邀約的說法還有：

- 내가 일이 있어서.（因為我有事…）
내가：我　일이：事情　있어서：有
nae ga　i ri　it-sseo seo

最後可以再加上這一句：

- 정말 아쉽다.（很可惜～〈不能跟你去…〉）
정말：真正　아쉽다：可惜
jeong mal　a swip-dda

140

MP3 140

朋友問我好吃嗎？我覺得味道實在太奇怪了……

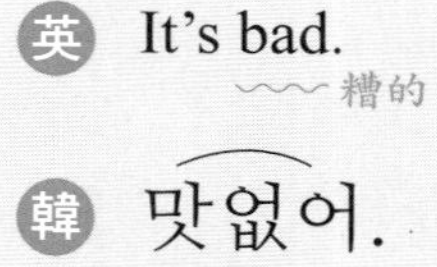

英 It's bad.
糟的

韓 맛없어.
ma deop-sseo

英 解說

也可以簡單地說：

- I don't like it.（我不喜歡。）
- Yuck!（噁！）[jʌk]

bad（難吃）的相反是 delicious（好吃的）：

- Every dish looks delicious.
  菜餚 ／ 好吃的 [dɪˋlɪʃəs]
  （每一道菜看起來都很好吃。）

其他說法還有：

- 최악의 냄새야.（很糟的味道！）
  很糟糕 ／ 味道
  choe a ge naem sae ya

婉轉一點的說法是：

- 내 입맛에 안맞네.（不合我的口味…）
  我 ／ 口味 ／ 不適合
  nae ip ma se an mat ne

被問一個莫名其妙的問題，完全沒頭緒要我怎麼答……

英 How would I know?
如何

韓 내가 그걸 어떻게 알아.
我 怎麼、如何 知道
nae ga geu geol eo tteo ke a ra

英 解說

也可以說：

- I have no clue.（我不知道。）
  線索
- I have no idea.（我一無所知。）

How would（如何、怎麼）的相關用法為：

- How would you like me to explain?
  你希望我如何… 解釋
  （你希望我怎麼解釋？）

韓 解說

當你「被問了一個和自己完全不相關的問題」時，可以說這句話來回應。也可以反問對方說：

- 왜 나한테 물어?（咦！？怎麼會問我？）
  為什麼 詢問我
  wae na han te mu reo

142

MP3 142

服務生問何時可以上飲料？我說……

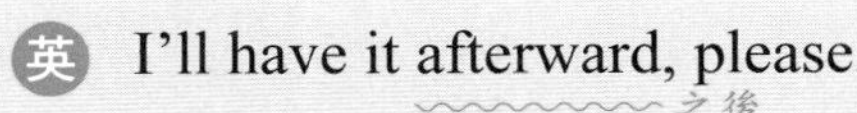

英 I'll have it afterward, please.
（afterward：之後）

韓 식사후에 주세요.
（식사후에：用餐之後　주세요：給我）
sik sa hu e　ju se yo

英 解說

也可以說：

- Could you bring it up later, please?（bring：拿來　later：之後）
  （請你餐後再拿來。）
- afterward [`æftɚwɚd] 之後、以後

韓 解說

因為韓國人習慣吃飯時配水、配飲料，所以在韓國，餐廳通常不會問客人要何時上飲料，而是會先給飲料。想要餐後再上飲料的話，必須先向店家說明。

如果希望餐點和飲料一起送上來，則說：

- 식사와 함께 주세요.（和食物一起。）
  （식사와：餐點　함께：和…一起　주세요：給我）
  sik sa wa　ham kke　ju se yo

說話時不要硬梆梆的直接切入主題，這樣開場吧……

英 Well…

韓 음 그래서…

eum geu rae seo

英 解說

也可以說「Well then...」，這也是一樣的用法。

well 另外的意思是「順利的、健康的」：

- Everything is going well.（一切都順利。）（going well：進行順利）
- I'm not feeling well.（我身體不太舒服。）（well：健康的）

韓 解說

음 是韓國人說話前會用的發語詞，後面再說出具體內容。希望透過這些發語詞產生比較柔軟的感覺，不會是硬梆梆的說話方式。相同的說法還有：

- 음 이 일에 대해서는…（이 일：這件事；대해서는：關於）

  eum i i re dae hae seo neun

  （嗯…關於這件事…）

144

MP3 144

被菜鳥同事一直拜託，只好說……

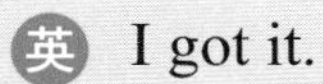

英 I got it.

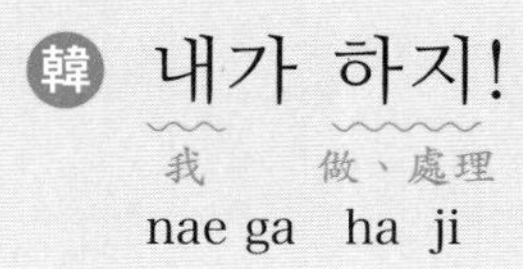

韓 내가 하지!

我　做、處理

nae ga ha ji

英 解說

也可以說：

- I'll take care of it.（我會處理。）
  （take care of：處理）

  ＝I'll work it out.（我會解決。）
  （work ... out：解決）

take care of 還有「照顧」的意思：

- I have to take care of my parents.
  （take care of：照顧）

  （我必須照顧父母親。）

韓 解說

這是讓人產生信賴感的一句話，說話的人展現出承擔的決心。

如果是不情願的答應時，則說：

- 정말 할 수 없군.（真拿你沒辦法。）

  真正　沒辦法

  jeong mal hal su eop-ggun

對假裝不知情的朋友表達不以為然的態度……

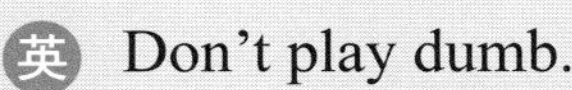

英 Don't play dumb.
（play dumb：裝傻）

韓 모르는 척 하지마!
（모르는 척：假裝不懂；하지마：別…）
mo reu neun cheok ha ji ma

英 解說

也可以說：

- Don't act like a fool.（act：假裝；fool：笨蛋）
  （不要裝出一副傻傻的樣子。）

act 的另一個意思是「行動」：

- I'll think twice before I act.（think twice：思考兩次；act：行動）
  （我會三思而後行。）

- dumb [dʌm] 愚笨的

韓 解說

一旦被別人質疑裝傻，通常會繼續裝傻說：

- 무슨 일이야?（是什麼事？）
  （무슨：什麼；일이야?：事情呢？）
  mu seun i ri ya

146

MP3 146

訓斥吵架的雙方，兩個人都不對……

英 You're both wrong.

　　　雙方

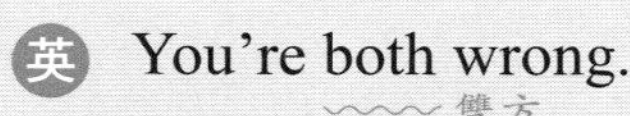

韓 둘 다 잘못 했어.

雙方　有錯

dul da jal mot haet-sseo

英 解說

both 是指「兩者（都）…、兩方（都）…」：

- It's really hard to look after both family and career.（困難的 hard；照顧 look after；兩者 both；事業 career）

（要家庭和事業兩方都兼顧，是很困難的。）

- career [kəˋrɪr] 職業、行業

韓 解說

如果是要規勸雙方和好，則說：

- 둘다 진정해.（雙方都冷靜一下！）

雙方　冷靜

dul da jin jeong hae

- 할말 있음 대화로 해.（有話好好說！）

如果有話要說　好好地說、心平氣和地說

hal mal it-sseum dae hwa ro hae

147

朋友中彩券卻連漢堡都捨不得請我，我對他說……

英 Don't be so stingy.
小氣

韓 너무 인색하게 굴지마.
你 小氣 別…
neo mu in sae ka ge gul ji ma

英 解說

也可以說：

- Don't be so cheap.（別那麼小氣。）
  小氣的
- Don't be a miser.（別當守財奴。）
  守財奴、吝嗇鬼

cheapskate [`tʃip͵sket] 也是「小氣鬼」：

- Are you going to lend it to me or not, you cheapskate?（要不要借我，小氣鬼？）
  借出 / 小氣鬼
- stingy [`stɪndʒɪ] ／ miser [`maɪzɚ]

韓 解說

也可以說：

- 너 정말 구두쇠다.（你真是小氣鬼…）
  你 真正 小氣鬼
  neo jeong mal gu du soe da

148

MP3 148

欣然接受邀請，禮貌性地回應對方……

英 I'm looking forward to it.

滿心期待

韓 정말 기대하고 있어요.

真正 期待 正在…

jeong mal gi dae ha go it-sseo yo

英 解說

英語中有另外一句話「I am expecting it」也是「我很期待」的意思。但要注意：expect 的意思不太一樣，look forward to 表示原本不知道此活動，突然被邀請感到很高興並很期待。expect 則帶有原本就知道有此活動但沒被邀請，收到邀請卡時說了句「我會好好期待的」的意思，帶有些許諷刺意味。

韓 解說

這是對別人說「我很期待」的說法，如果是自言自語，則說：

- 정말 기대돼.（好期待喔～）

  真正 期待

  jeong mal gi dae dwae

答謝別人的邀請則說：

- 초대해줘서 고마워요.（謝謝你的邀請。）

  邀請 謝謝

  cho dae hae jwo seo go ma wo yo

MP3 149

149

大家驚訝地問你“你怎麼知道！！”，我說……

英 Gut feeling.
直覺的

韓 내 직감이야.
我 直覺
nae jik ga mi ya

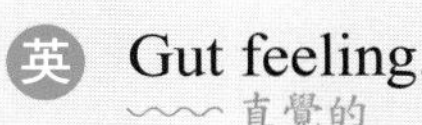

英 解說

也可以說：

- The sixth sense.（第六感。）
  第六感
- I feel it in my bones.（我的骨頭感覺到了。）
  骨頭 [bonz]
- I have a hunch.（我的直覺。）
  直覺
- hunch [hʌntʃ] 直覺

韓 解說

如果只是隨口猜測的話，可以說：

- 그냥 맞춘거야.（我用猜的。）
  只是 猜測
  geu nyang mat chun geo ya

150

MP3 150

對手認為勝券在握，我們認為未免言之過早……

英 It's not over yet.
結束

韓 이제부터 대결이야.
現在開始 決勝
i je bu teo dae gyeo ri ya

英 解說

也可以說：

- Let's fight to the finish!（我們奮戰到底！）
  奮戰到底

可以表示「對手、敵手」的字很多，例如：

- foe [fo]
- enemy [`ɛnəmɪ]
- opponent [ə`ponənt]
- adversary [`ædvɚ͵sɛrɪ]
- competitor [kəm`pɛtətɚ]

韓 解說

也可以說：

- 승패는 아직 결정 안났어.（輸贏還沒底定!）
  勝負 尚未… 決定 沒有
  seung pae neun a jik gyeol jeong an nat-sseo

以為我們的選手贏定了，沒想到最後卻輸了……

英 I can't believe they lost!
lost 輸

韓 말도 안돼.
말도 안돼 怎麼可能
mal do an dwae

英 解說

I can't believe（that）…（我沒辦法相信）是一種「難以置信」的語氣：

- I really can't believe (that) this is true.
  true 真實的
  （我真的沒辦法相信這個事實。）

- I can't believe that you just said yes!
  you just said yes 你竟然答應
  （我不敢相信你竟然答應了！）

韓 解說

這是事情沒有如自己預期時，所表現出的「難以置信」的語氣。也可以說：

- 진짜 아니지?（這不是真的吧！？）
  진짜 事實　아니지 並非
  jin jja a ni ji

- 지금 장난하는거지?!（你是騙我的吧!?）
  지금 現在　장난하는거지 開我玩笑、捉弄我
  ji geum jang nan ha neun geo ji

152

MP3 152

面對老朋友的邀約，當然不能缺席……

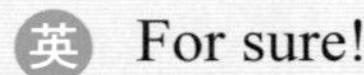

英 For sure!

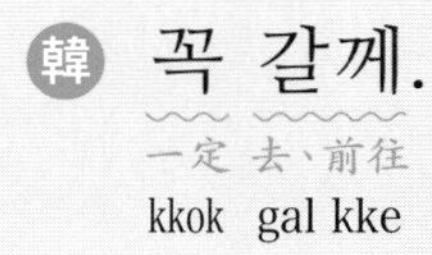

韓 꼭 갈께.

一定 去、前往

kkok gal kke

英 解說

也可以說：

- I'd love to!（我想去、我會去！）

「for sure」指「肯定、確定、當然」：

- We are going to be good friends for sure.（一定）
（我們一定會成為好朋友。）

韓 解說

這是對邀約充滿期待的說法。也可以更輕鬆的說：

- 나도 갈래 나도.（我要去我要去～）
  我 去、前往
  na do gal rae na do

- 당연히 좋지.（當然好啊！）
  當然 好
  dang yeon hi jo chi

對方一直幫我倒酒，趕緊阻止對方……

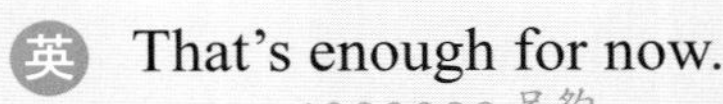

英 That's enough for now.

（enough：足夠）

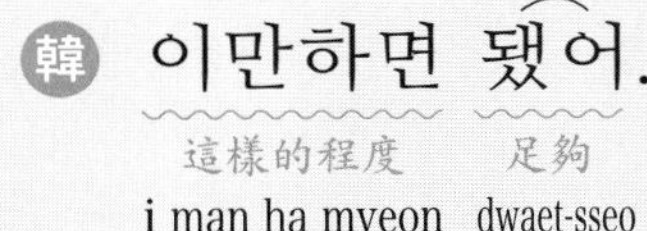

韓 이만하면 됐어.

（이만하면：這樣的程度　됐어：足夠）

i man ha myeon dwaet-sseo

英 解說

也可以換另一種說法來阻止對方繼續倒酒：

- I am getting drunk.（我快要醉了～）（drunk：喝醉的）

看看 drunk 的用法：

- Have you ever got drunk?（你曾經喝醉嗎？）（got drunk：喝醉）

韓 解說

或者，用下面這句話來趁機逃走：

- 아, 이젠 가야겠다.（啊，差不多該走了…）（이젠：已經　가야겠다：該離開了）

a　i jen　ga ya get-dda

韓國人因為喝酒而無法開車時，會花錢請「代理駕駛 대리운전 dae ri un jeon」來幫自己開車，讓自己和愛車安全到家。

「代理駕駛」的行業目前在韓國非常興盛，因為入行門檻低（有駕照即可），競爭者多，收費變得愈來愈便宜。

154

MP3 154

到目的地要轉三次車！哎呀！真是麻煩啊……

英 So troublesome!
麻煩的、令人討厭的

韓 참 번거롭다.
真是… 麻煩
cham beon geo rop-dda

英 解說

也可以說：

- Such a hassle!（真是麻煩！）（hassle：麻煩）

「so ＋形容詞」（非常…）是英語中的常見用法：

- It's so boring!（好無聊喔！）（so boring：非常無趣）
- You are so sweet.（你真討人喜歡！）
- You always look so young.
（你看起來總是這麼年輕。）
- troublesome [ˋtrʌbl̩səm] 麻煩的、令人討厭的／hassle [ˋhæsl̩] 麻煩

韓 解說

這句話是精神上感到疲累時所發出的小小抱怨。如果是身體感到疲累，則說：

- 피곤해. pi gon hae （好累喔～）

155

怎麼會這樣？剛買的新車停在路邊竟然泡水了，這是什麼情況!! ……

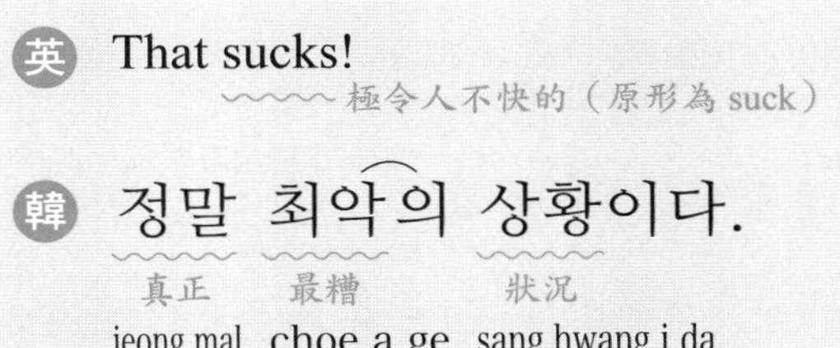

英 That sucks!
極令人不快的（原形為 suck）

韓 정말 최악의 상황이다.
真正 最糟 狀況
jeong mal choe a ge sang hwang i da

英 解說

也可以說：

- What the heck!（搞什麼！真是見鬼了！）
- heck [hɛk]

韓 解說

也可以說：

- 정말 재수없군.（我真倒楣！）
  真正 倒楣
  jeong mal jae so eop-ggun

這句「我真倒楣」，韓國人常常會說，適用於很多狀況。譬如，購物時遇到態度不佳的店員，事後和朋友抱怨時，也可以說這句話。

156

MP3 156

想起之前的事，準備要說……

英 Speaking of which…

韓 이 말이 나왔으니 말인데.

這件事　想到

i ma ri na wat-sseu ni ma rin de

英 解說

也可以說：

- Come to think of it, it reminds me of...（使我想起（原形：remind））
（想到那件事，讓我想起了……）

remind [rɪ`maɪnd] 的原意是「提醒」：

- Do you need me to remind you with a phone call?（提醒你）（需要我打電話提醒你嗎？）

韓 解說

這是「想起之前的某件事，並準備要開始說」之前的開場白。也可以說：

- 아 생각났다...
 想起來了
a saeng gak nat-dda
（啊～我想起來了……）

提醒&提議

157

MP3 157

用餐後離開餐廳時，提醒朋友不要遺忘了東西……

英 Do you have everything with you?
（everything：所有東西）

韓 놓고 가는 물건 없지?
（놓고 가는：遺留下的；물건：物品；없지：沒有嗎）
no ko ga neun mul geon eop-jji

英 解說

也可以在結束用餐起身時做貼心的提醒：

- Please remember all your belongings.（belongings：攜帶物）
  （請不要忘記你的東西。）

要注意！belongings [bə`lɔŋɪŋz] 的字尾 s 並非複數，而是原有的拼字結構。

韓 解說

如果要明確的確認「某一樣東西帶了嗎？」則說：

- 우산 챙겼어?（傘帶了嗎？）
  （우산：雨傘；챙겼어：攜帶了）
  u san chaeng gyeot-sseo

- 외투 챙겼어?（外套帶了嗎？）
  （외투：外套）
  oe tu chaeng gyeot-sseo

可選擇的那麼多，交給你決定吧……

英 It's up to you.
由你決定

韓 너가 결정해.
你 決定
neo ga gyeol jeong hae

英 解說

也可以說：

- It's all up to you!（都聽你的！）
  全由你決定
- It's your call. ＝You make the call.（由你決定。）

看一下「up to you」的其他用例：

- It's up to you whether or not you'll lend it to me.（要借不借隨便你。）
  隨便你 / 借給我

韓 解說

如果對方決定了、你又不太同意時，可以做出這樣的反應：

- 음… 그런데…（嗯…可是…）
  可是
  eum geu reon de

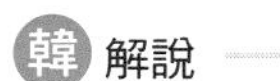

159

MP3 159

輕輕碰一下就喊痛，不會吧……

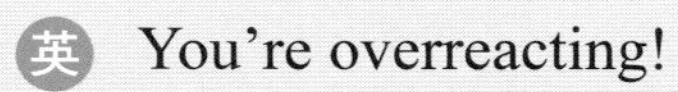

英 You're overreacting!
反應過度

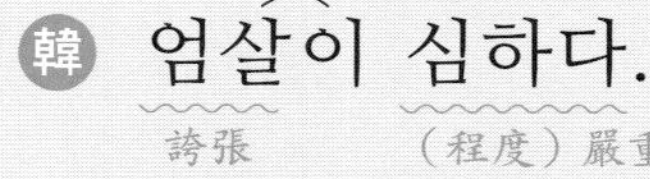

韓 엄살이 심하다.
誇張 （程度）嚴重
eom sa ri sim ha da

英 解說

也可以說：

- What's the big deal?（有這麼嚴重嗎？）
  big deal：大事、嚴重的事

一併學會這個說法：

- It's no big deal. ＝It's nothing.
  （稀鬆平常，沒啥大不了的。）
- overreacting [ˌovərɪˋæktɪŋ] 反應過度

韓 解說

這是覺得對方反應過度，自己並不覺得這麼強烈或嚴重時的說法。也可以說：

- 그게 그렇게 심했니?
  那是 如此 （程度）嚴重
  geu ge geu reot ke sim haet ni
  （有這麼嚴重嗎？）

MP3 160

160

提醒早該出門上班、卻還慢吞吞打扮的老婆說……

英 You're gonna be late!

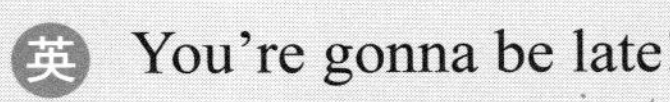

gonna =going to（發音為 [`gʌnə]）

韓 지각하겠어.

지각 遲到

ji gak ha get-sseo

英 解說

be gonna=be going to（快要、即將要）：

- I am going to get married.（我快要結婚了。）
  going to =gonna；get married 結婚

韓 解說

也可以說：

- 빨리 해.（要快一點喔！）
  빨리 快點
  ppal ri hae

「遲到」是指某人延誤了某個時間點，如果是「交通工具遲到誤點」，則說：

- 지하철이 지연되었다.（電車誤點。）
  지하철 電車；지연되었다 誤點
  ji ha cheo ri ji yeon doe eot-dda

161

MP3 161

第一道餐點上菜了，請大家開動……

英 Let's dig in!

dig：挖掘 [dɪg]（引申為"開動"）

韓 잘 먹겠습니다.

jal meok get seum ni da

也可以說：

- Shall we start?（我們開始吃吧？）
  start：開始
- Bon appetite!（盡情享用吧！）
  Bon：好的　appetite：胃口

＊發音類似法語，請聆聽 MP3。

- bon [bɔn] 好的（源自法文）
- appetite [`æpə,taɪt] 食慾、胃口

韓 解說

如果同桌的有長輩或客人，一定要先說這句才不失禮：

- 먼저 드십시오.（請先用餐。）
  먼저：先　드십시오：吃
  meon jeo deu sip si yo

小叮嚀　韓國人和朋友在餐廳用餐時，每個人都是用自己的筷子夾菜，並沒有使用公筷的習慣。

MP3 162

162

午餐時間到了，找同事一起吃午餐……

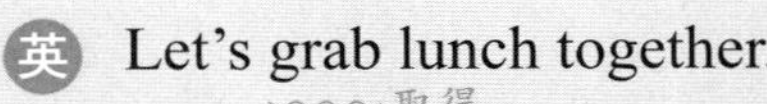

英 Let's grab lunch together.
（grab：取得）

韓 점심 함께 할까?
（점심：午餐　함께：一起　할까：好嗎）
jeom sim　ham kke　hal kka

英 解說

也可以說：

- Would you like to have lunch together?（like：想要…）
  （你想要一起吃午餐嗎？）

韓 解說

如果願意，可以回答：

- 그래 가자.（嗯～走吧！）
  （그래：好　가자：走吧）
  geu rae　ga ja
- 좋아.（好啊！）
  jo　a

想要婉拒時，可以回答：

- 미안 담에 하자.（抱歉～下次吧～）
  （미안：抱歉　담에：下次　하자：做（事））
  mi an　da me　ha ja

163

MP3 163

朋友來訪後要離去，送客時的客套話……

英 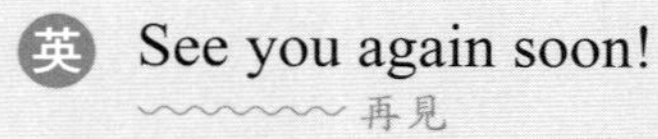
See you again soon!
再見

韓 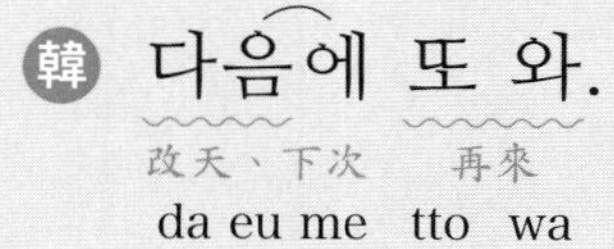
다음에 또 와.
改天、下次 再來
da eu me tto wa

英 解說

到西方人的家裡拜訪時，對方若是刻意表示禮貌，通常會行「擁抱禮」，尤其是女性對男性。在美國的擁抱禮是碰一邊臉頰，在歐洲則是碰兩邊臉頰加上親嘴聲。在美國千萬不要發出親嘴聲，否則會非常不得體。

韓 解說

也可以說：

- 언제든지 환영한다.（隨時歡迎你來。）
  隨時 歡迎
  eon ge deun ji hwan yeong han da

聽到這句話的訪客要這樣回應：

- 네. ne （好的，謝謝。）

小叮嚀 韓國人有時候說的話只是禮貌上的客套話，並不是真心話，最好先以與對方的交情判斷喔。

結帳時對同事說，各自付啦……

英 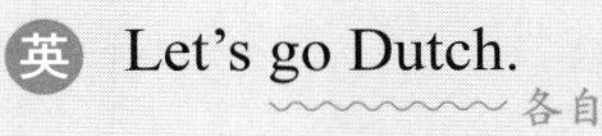

韓 우리 각자 내자.

我們 個別 付款

u ri gak-jja nae ja

英 解說

也可以說：

- Split the cost. = Share the expense.（分攤 花費 分享 費用）
  （分攤費用。）
- expense [ɪkˋspɛns] 花費、支出

韓 解說

聚餐時不想直接說要「各付各的」，可以婉轉的問大家：

- 나눠서 계산해도 되나요?（分開結帳好嗎?）
  分開 結帳 好嗎
  na now seo ge san hae do doe na yo

要結帳時則對服務人員說：

- 각자 계산할께요.（我們要分開結帳。）
  個別 結帳
  gak-jja ge san hal kke yo

165

MP3 165

和同事經過超商，看到咖啡買一送一，於是問對方……

英 Do you want some coffee?

韓 커피 한잔 마실래?

咖啡 一杯 喝

keo pi han jan ma sil rae

英 解說

「Do you want...」用來詢問對方意願。例如一群人要去吃午餐，在電梯碰到另一位同事，開口問他：

- Do you want to join us for lunch?（join us：參與我們）

（你要和我們一起吃午餐嗎？）

又或者客人來訪，禮貌性地問他：

- Do you want tea, coffee or water?

（你要喝茶、喝咖啡還是喝水？）

韓 解說

這是藉著「買二送一」，順便請同事喝咖啡的意思。如果是你自己想喝而要進去超商買，可以跟對方說：

- 뭐좀 사올께.（我去買一下東西…）

物品 去買

mwo jom sa ol kke

告訴弟弟，輪到他倒垃圾了……

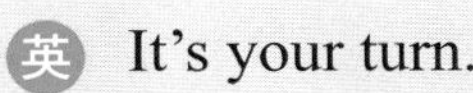

英 It’s your turn.
turn 輪值

韓 이번에는 너 차례야.
이번 這次　너 你　차례 輪值
i beo nen neun　neo　cha re ya

英 解說

「your turn」是「輪到你」的意思：

- Next time it will be your turn.（下回就輪到你！）
  Next time 下次

「my turn」是「輪到我」的意思：

- When will it be my turn to offer you my blessings?（什麼時候輪到我祝福你呀？）
  my turn 輪到我　offer 給予　blessings 祝福 [`blɛsɪŋz]

- turn [tɝn] 輪值 ／ offer [`ɔfɚ] 給予

韓 解說

如果是下次輪到對方，則說：

- 다음에는 너야.（下次換你喔！）
  다음에는 下次是…　너 你
  da eu me neun　neo ya

167

MP3 167

在咖啡廳聊了一陣子，時間有點晚了，覺得該走了……

英 We need to get going.
get going：離開、展開行動

韓 이제 거의 일어날때가 되었다.
거의：已經接近　일어날때가：離開　되었다：的時間
i je geo ui i reo nal tttae ga doe eot da

英 解說

也可以說：

- We gotta go.（我必須走了。）
  gotta：got to的口語（發音為 [ˋgɑtə]）
- It's about time to go.（是該走的時候了。）
  It's about time：是該…的時候

韓 解說

「差不多該…」的說法還有：

- 거의 나갈때가 되었다.
  거의：幾乎　나갈때가：出門　되었다：的時候
  geo ui na gal ttae ga doe eot-dda
  （差不多該出門了…）
- 거의 집에 도착했다.
  집에：家　도착했다：到達
  geo ui ji be do chak hat-dda
  （差不多該回家了…）

提醒大家約定的時間快到了，該出發了……

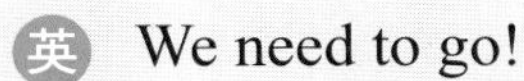
英 We need to go!

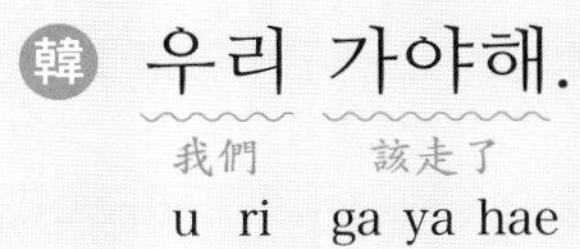
韓 우리 가야해.

我們 該走了

u ri ga ya hae

英 解說

另一種說法是：

- Let's get going! (我們出發吧；我們走吧！)
  （get going：出發）

韓 解說

也可以說：

- 시간 다 되었다. (時間快到了……)
  時間 快到了
  si gan da doe eot-dda

- 우리 출발하자. (我們出發吧！)
  我們 出發吧
  u ri chul bal ha ja

小叮嚀 日本人與人相約或開會時，都會嚴格遵守時間。而韓國人則不一定。有些韓國人會遵守約定時間，且會提早到達約定地點，有些人則不會；韓國人開會也不一定在預定時間結束。

169

MP3 169

迷路了，別再亂走了，坐計程車過去吧……

英 Let's take a taxi.

韓 택시 타자.

計程車 搭乘
taek si ta ja

英 解說

除了計程車，也可以考慮其他交通工具：

- Let's take a bus.（我們搭公車吧！）
  搭公車

- Let's walk.（我們走路吧！）

韓 解說

迷路的時候，也可以說：

- 길 가는 사람에게 물어보자.
  路人 詢問
  gil ga neun sa ra me ge mu reo bo ja
  （問問路人吧！）

除了搭計程車，也可以搭乘地鐵：

- 지하철 타고 가자.（坐地鐵去吧！）
  地鐵 搭乘 前往
  ji ha cheol ta go ga ja

看到汽車違規轉彎就快要撞到路人，忍不住大喊……

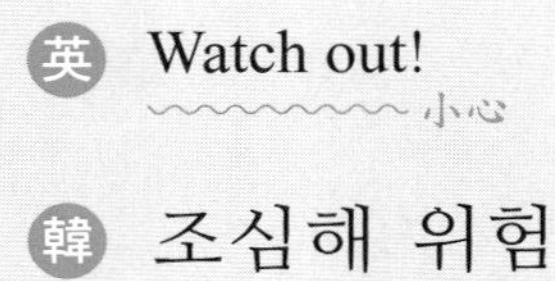

英 Watch out!
小心

韓 조심해 위험해.
小心 危險
jo sim hae wi heom hae

英 解說

也可以說：

- Be careful!（小心！）

如果車子是朝著大家過來，提醒大家小心則說：

- Watch out! Here comes a car.（Here comes a car：有車子過來了）

  = Be careful! Here comes a car.
  = Careful, a car!

  （小心！有車！）

韓 解說

這是緊急狀況時直接反應出來的話。如果是有車朝著大家過來，提醒大家要小心時可以說：

- 조심해 차 있다.（小心！有車！）

  小心 有車子
  jo sim hae cha it-dda

171

MP3 171

火災警報響起，大喊告訴大家“快逃”……

英 Let's get out of here, hurry up!
離開這裡

韓 빨리 여길 나가자.
趕快 這裡 離開
ppal ri yeo gil na ga ja

英 解說

火災時會大叫「失火了！」：

- Fire!（失火了！）

並呼叫大家「快逃！」：

- Scram! [skræm] ＝ Escape! [əˋskep]（快逃!）

「get out of」是「離開…」的意思，常聽到這句：

- Get out of here!（滾遠點！）

韓 解說

也可以大喊說：

-  불 났다.（失火了！）
火災 發生
bul nat-dda

用餐時遇到認識的人，禮貌性邀約他一起坐……

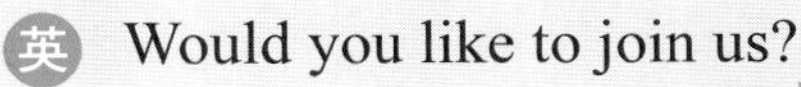
英 Would you like to join us?
（join us：加入我們）

韓 같이 앉을래요?
（같이：一起；앉을래요：要不要坐）
ga chi an jeul rae yo

英 解說

還可以說：

- Why don't you join us? Join us for a drink?（for a drink：喝一杯）
  （何不加入我們？我們一起喝一杯？）

- You're welcome to join us.（歡迎加入我們。）（welcome：受歡迎的）

韓 解說

這是在餐廳巧遇朋友時的邀約。也可以說：

- 함께 해서 반가워요.
  （함께：一起加入；해서：做…；반가워요：很歡迎、很高興）
  ham kke hae seo ban ga wo yo
  （歡迎加入我們。）

- 한잔 하실래요?（要不要一起喝一杯？）
  （한잔：一杯；하실래요：要不要喝）
  han jan ha sil rae yo

173

MP3 173

提議見面的時間和地點，詢問對方的意見……

英 How about the metro station at 6 o'clock?
(How about：如何)

韓 여섯시 전철역에서 어때?

여섯시	전철역에서	어때?
六點	在地鐵站	如何
yeo seot si	jeon cheol yeo ge seo	eo ttae

英 解說

「How about...」是詢問對方「…如何」的用法，後面要接「名詞」或「動詞ing」：

- I have just eaten. How about you?（我剛吃過。你呢？）
  (have just eaten：剛吃過；How about you?：你如何呢？)
- How about going to the movies?（看電影如何？）

韓 解說

其他「確認時間地點」的說法還有：

- 일곱시에 공원에서 어때?

일곱시에	공원에서	어때?
七點	在公園	如何
il gop si e	gong wo ne seo	eo ttae

（七點在公園好嗎？）

還沒喝夠，吆喝大家續攤繼續喝……

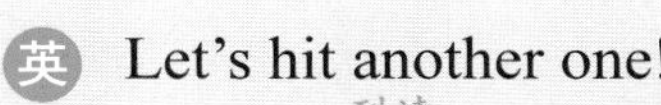

英 Let's hit another one!（hit：到達）

韓 2차 가서 마시자.

第二攤 去… 喝吧

i cha ga seo ma si ja

英 解說

也可以這樣說：

- We're not done yet!（我們還沒喝夠！）
- Let's have another round elsewhere!（another round：下一攤、另一回合）
（到別處喝下一攤吧！）

韓 解說

更換不同地點續攤繼續喝，喝第二攤、甚至是第三攤，在日本是很常有的事，而在韓國也有類似的續攤文化。在韓國，聚餐之後的「2 차 i cha（第二攤）」，有時會分成兩票人：想唱歌的人會去 KTV「노래방 no rae bang」唱歌，想喝酒的人則會到啤酒屋「호프 ho beu，或稱為 HOF」繼續續攤喝酒。

- 노래방（KTV）
no rae bang
- 호프（啤酒屋）
ho beu

175

MP3 175

晚餐後提議來吃些甜點……

英 Let's have some dessert!

甜點

韓 디저트 먹자.

甜點＝dessert　吃

di jeo teu　meok ja

英 解說

也可以說：

- Would you like some dessert?

（要不要吃甜點？）

如果當時是在餐廳內，接下來可以告訴服務生：

點（餐或飲料）

- We would like to order dessert.

（我們想要點些甜點。）

如果之前已經點餐點好了，則告訴服務生：

- You can bring us dessert.（可以上甜點了。）
- dessert [dɪˋzɝt]

韓 解說

如果當時在餐廳內，也可以這樣說：

- 디저트 주문하자.（我們來點甜點吧！）

甜點　點選

di jeo teu　ju mun ha ja

朋友離開時手機響了，等他回來後跟他說……

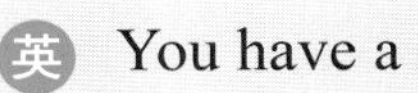

英 You have a call.

call：來電（當名詞）

韓 휴대폰 울린다.

휴대폰：手機　울린다：響了

hyu dae pon ul rin da

英 解說

如果是提醒對方「電話在響喔！」，則說：

- Your phone is ringing.（你的電話響了。）
  ringing：鈴響

call 可以當「名詞」和「動詞」：

- Remember to call me.（記得打電話給我。）
  call：打電話（當動詞）

韓 解說

也可以說：

- 막 전화 벨 울렸어.（剛剛電話響了喔～）
  막：剛剛　전화：電話　벨：聲　울렸어：響了
  mak jeon hwa bel ul ryeot-sseo

如果電話響了，話機主人好像沒聽到，可以提醒他：

- 전화 온다.（有電話喔～）
  전화：電話　온다：來了
  jeon hwa on da

177

MP3 177

客戶要過來，但他並不熟悉這附近的環境……

英 Call me if you can't find your way.

找不到路（can't find your way）

韓 길 잃으면 전화줘.

迷路（길 잃으면）　打給我（전화줘）

jil i reu myeon jeon hwa jwo

 解說

也可以說：

- If you get lost, call me.（get lost：迷路）

（如果你迷路了，打電話給我。）

「迷路」可以用「get lost」或「be 動詞＋lost」：

- I am lost.（lost：迷失的）（我迷路了。）

 解說

除了找不到路之外，擔心對方有其他突發狀況的話，也可以跟對方說「有任何問題都可以打電話給我」：

- 무슨 일 있으면 전화 해.

什麼事（무슨 일）　有的話（있으면）　打電話（전화 해）

mu seun il it-sseu myeon jeon hwa hae

（有任何問題，打電話給我。）

中・英・韓
情境會話手冊

讚美＆鼓勵

178

MP3 178

比賽要開始了，我們信心滿滿……

英 There is no way we will lose.
絕不會　輸

韓 절대 안지지.
絕對　不會輸
jeol-ddae　an ji ji

英解說

當然，比賽總有輸贏，會有兩種結果：

[wʌn]（win 的過去式）
- We won.（我們贏了。）

[lɔst]（lose 的過去式）
- We lost.（我們輸了。）

「there is no way」指「絕不會、不可能」：

不可能　接受
- There is no way I will accept.（我不可能接受。）

韓解說

也可以說：

- 꼭 이길꺼야.（絕對會贏！）
一定　會贏
kkok　i gil kkeo ya

隊友完成了高難度的動作，忍不住誇讚他……

英 
Well done!
很好地

韓 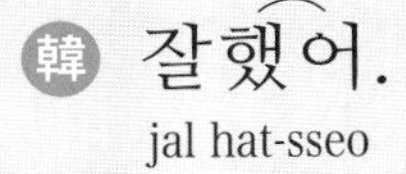
잘했어.
jal hat-sseo

英 解說

也可以說：

- Great job!（做得好！）
- Awesome! [`ɔsəm]（真棒！）

done 是 do 的過去分詞，也能當形容詞使用，意思是「完成的」：

- It can't be done.（不可能完成的。）
  （done：完成的）
- I'm already done.（我已經完成了。）

韓 解說

這句「잘했어」除了誇獎同伴以外，也可以用來稱讚小朋友。其他誇讚用語還有：

- 와 대단해.（好厲害！）
  （대단해：厲害）
  wa dae dan hae

180

MP3 180

朋友成功減重 10 公斤，替他歡呼一下……

英 You did it!

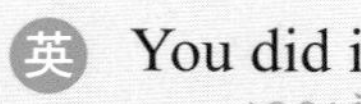

韓 해냈다.

hae naet-dda

英 解說

也可以這樣說：

- You did a good job！（真有你的！）
- I'm so proud of you！（我以你為榮！）
  - proud of：為…感到驕傲、以…為榮

proud of 前面要有「be 動詞」：

- I'm proud of my work.（我以我的工作為榮。）
- Your parents must be very proud of you.（你的父母親一定非常以你為榮。）

韓 解說

這是達成不可能的任務時恭賀對方的話。也可以說：

- 정말 잘 됐다.（太好了呢！）
  - 정말：真的；잘 됐다：太好了
  - jeong mal jal dwaet-dda

朋友玩拖曳傘已經能定點著陸，我覺得他超厲害……

英 Way to go!

韓 정말 대단하다.
真的 厲害
jeong mal dae dan ha da

英 解說

也可以說：

- You're really good at it!（你真的很擅長！）
  good at：擅長

「be good at」表示「擅長、精通…」，後面要接「名詞」或「動詞 ing」：

- I am not good at speaking.（我不擅言辭。）
  speaking：說話
- Are you good at sports?（你擅長運動嗎？）
  sports：運動

韓 解說

這是稱讚對方「非常擅長某種休閒活動」所說的話。這時候對方可能會跟你說：

- ～（這可是有技巧的～）
  實力 有
  sil ryeo git neun de

182

MP3 182

在眾所期待中獲得冠軍，真不愧是……

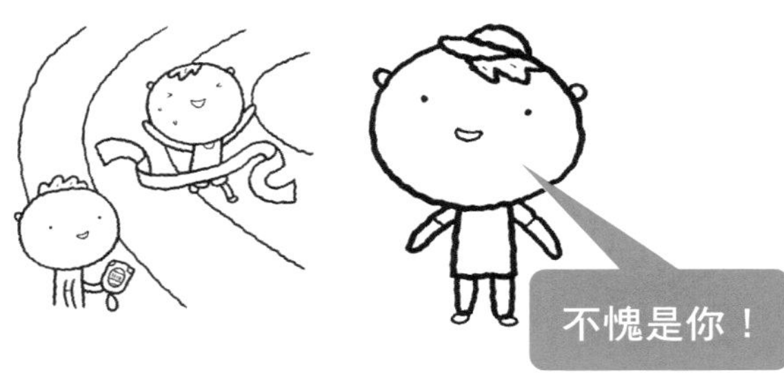

不愧是你！

英 We knew you can do it! 就知道你能做到

韓 과연 너야.

果然 是你

gwa yeon neo ya

英 解說

另一種說法是：

- You didn't let us down.（你沒讓我們失望。）

down 指「失望、情緒低落」：

- I will not let you down.（我不會讓你失望的。）
- I am feeling down today.

（我今天心情跌到谷底。）

韓 解說

如果要加上稱讚對象的姓名，則說：

- 과연 박 선생님이세요.

果然 朴老師

gwa yeon bak seon saeng ni mi se yo

（不愧是朴老師！）

MP3 183

183

祝福第一次去約會的朋友……

英 Good luck.

韓 행운을 빌어.

（행운＝好運）

haeng u neul bi reo

英 解說

也可以說：

- I wish you luck.（祝你好運。）

luck（幸運）是名詞，lucky 是形容詞：

- I'm so lucky.（我真幸運！）
- I've been lucky recently.（我最近很幸運。）

（lucky＝幸運的；recently＝最近）

韓 解說

聽到這句話的人可以回答：

- 응 잘해볼께!（嗯！我會加油！）

（잘해볼께＝我會加油）

eung jal hae bol kke

- 고마워.（謝謝。）

go ma wo

184

MP3 184

朋友覺得日文很難學，想鼓勵他不要放棄……

英 Don't give up.
放棄

韓 포기하지마.
放棄 不要…
po gi ha ji ma

英 解說

也可以說：

- You're doing good, keep up the good work!（你做得很好，繼續努力。）
  keep up：繼續

韓 解說

如果不希望造成對方的壓力，更體貼的鼓勵方法是：

- 널 위해 응원할께.（我會為你加油喔～）
  為你 加油
  neol wi hae eung won hal kke

- 최선을 다하면 돼.（盡力就好了喔～）

  盡力 就好了、夠了
  choe seo neul da ha myeon dwae

快要揭曉得獎者了，朋友安撫我……

英 Take it easy.
放輕鬆

韓 긴장하지마.
緊張
gin jang ha ji ma

英 解說

也可以說：

- Relax, don't get nervous.
  放鬆 / 緊張的
  （放輕鬆，別緊張！）

- nervous [ˋnɝvəs]

韓 解說

要安撫對方的緊張情緒，還可以說：

- 아무 문제 없어, 걱정하지마.
  沒問題的 / 擔心 / 別…
  a mu mun je eop-sseo geok jeong ha ji ma
  （沒問題的，別擔心！）

- 긴장 풀어.（放輕鬆吧～）
  緊張 / 釋放
  gin jang pu reo

186

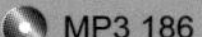

100 公尺比賽即將開始，我向參賽好友大喊……

英 Do your best!

best：最好的

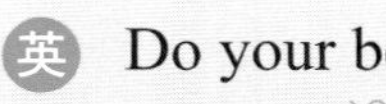

韓 파이팅 최선을 다해.

파이팅：加油　최선을 다해：全力以赴

fa i ting choe seo neul da hae

「do ＋所有格＋best」指「盡全力」。當大家對你寄與厚望時你可以說：

- I will do my best.（我會全力以赴的！）

安慰遭遇挫折的朋友：

- Don't act like that; you did your best.（別這樣，你已經盡力了。）

act like that：做那樣的行為

韓 解說

其他的打氣用語還有：

- 파이팅.（加油！）
  fa i ting

- 널 위해 응원할께.（我會為你加油喔！）
  널 위해：為你　응원할께：加油
  neol wi hae eung won hal kke

朋友上台表演前很緊張，我試著安撫他……

英 Everything will be fine!

fine：順利的

韓 걱정마, 아무 문제 없어.

걱정마：別擔心　아무 문제 없어：你沒問題的

geok jeong ma　a mu mun je eop-sseo

英 解說

也可以說：

- Everything is okay.（一切都沒問題的！）
- You'll be just fine!（你會做得很好的！）

「fine」是指「美好的、順利的」，例如：

- I'm fine, and you?（我很好。你呢？）
- Thanks to you, everybody is fine.（託你的福，大家都很好。）

Thanks to you：託你的福

韓 解說

也可以說：

- 넌 해낼 수 있어.（我相信你可以的！）

넌：你　해낼 수 있어：做得到的

neon hae nael su it-sseo

188

MP3 188

隊友第一次試跳沒過，我在場邊安慰他……

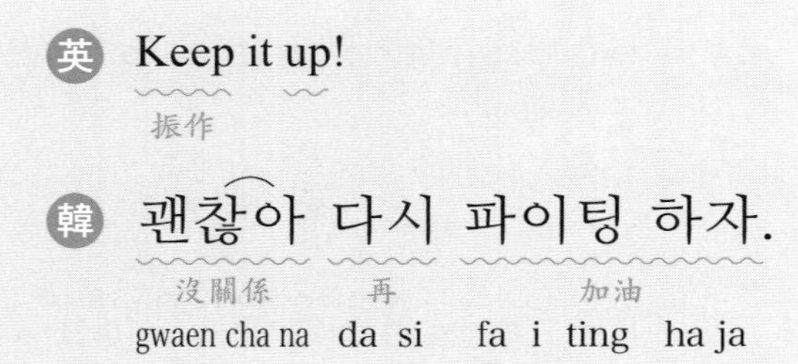

英 Keep it up!
振作

韓 괜찮아 다시 파이팅 하자.
沒關係 再 加油
gwaen cha na da si fa i ting ha ja

英 解說

類似的打氣用語還有：

- Keep up your spirit.（保持鬥志！）
- You can do it!（你可以的！）
- Go get them!（加油！打敗他們！）
- Keep going!（繼續加油！）

韓 解說

運動競賽中，常用這句話來互相加油打氣。也可以說：

- 계속 싸워!（保持鬥志！）
  繼續 有鬥志
  ge sok ssa wo

- 계속 파이팅.（繼續加油！）
  繼續
  ge sok fa i ting

MP3 189

189

大家終於完成了工作，對每一個人表達感謝……

大家辛苦了！

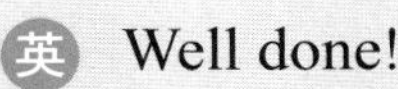

英 Well done!

（done：達成、做好了）

韓 모두 수고하셨습니다.

（모두：大家；수고하셨습니다：辛苦了）

mo du su go ha syeot seup ni da

英 解說

東西方文化有些差異，英文裡沒有完全等於「辛苦了」的這種應對辭令，比較接近的說法是上面的「Well done」，以及：

- Good job! ＝ Great job! ＝ Excellent job!（Excellent：出色的）

  （做得好！）

- excellent [ˋɛksḷənt]

韓 解說

上面這句「大家辛苦了」同時適用於「上司對下屬」，以及「下屬對上司或平輩」。

也可以說：

- 모두 잘했습니다.（大家做得很好。）

  （모두：大家；잘했습니다：做得好）

  mo du jal hat seup ni da

190

MP3 190

朋友這次沒能破記錄，心情非常沮喪，我勸他看開點……

英 Don't let that get you down.

消沉、情緒低落

韓 그럴 수 있지.

geu reol su it ji

英 解說

也可以說：

- It's not a big deal.（沒什麼大不了的。）

大不了、嚴重的事

「get you down」指「讓你感覺沮喪」，「let me down」則是「讓我感覺沮喪」：

- I can't believe you've let me down again!（我不敢相信你又讓我失望了！）

讓我失望

韓 解說

也可以說：

- 맘에 두지마.（別在意。）

放心裡　別…

ma me du ji ma

- 최선을 다 했잖아.（你已經盡力了。）

全力　盡力

choe seo neul da hat ja na

關心＆問候

191

MP3 191

朋友剛聯誼回來，迫不急待問他結果……

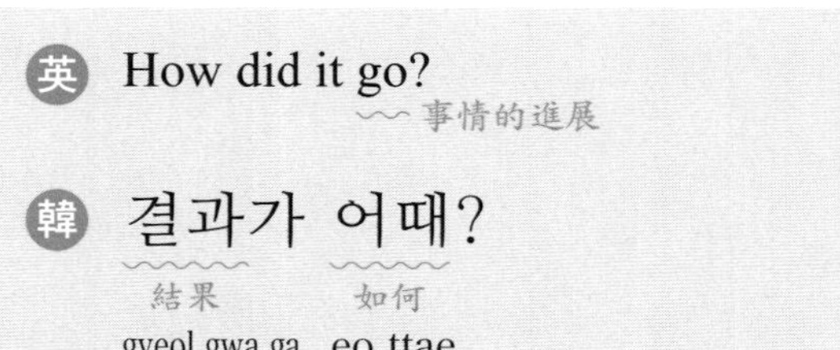

英 How did it go?

事情的進展

韓 결과가 어때?

結果 如何

gyeol gwa ga eo ttae

英 解說

也可以說：

它（指“聯誼這件事”）

- How was it?（事情如何？）

韓 解說

也可以說：

- 어땠어? eo ttaet-sseo （怎麼樣？）
- 상황이 어땠어?（情況如何？）

狀況 如何

sang hwang i eo ttaet-sseo

如果急著想知道更多，可以在對方說明的過程中，用下面這句話繼續追問：

- 그 다음엔?（然後呢？）

geu da eo men

MP3 192

192

碰到朋友時的客套話，關心對方的近況……

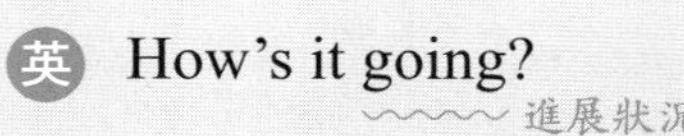

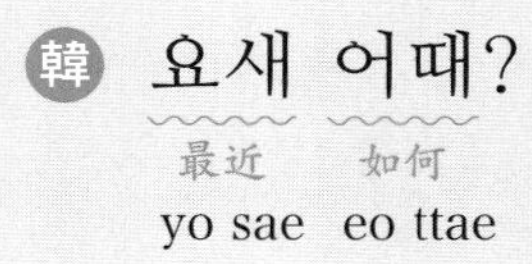

英 解說

「關心近況」的說法還有：

- How've you been?（你最近如何？）
- What have you been up to?（最近忙什麼？）
  （up to：忙著…）

在這句話之前的慣性的打招呼方式通常是：

- 안녕! an nyeong （你好！）
- 오랜만이야!（好久不見!）
  o raen ma ni ya

回答的一方可以說：

- 그저 그래. geu jeo geu rae （普普通通。）
- 좋아. jo a （很好啊。）

193

MP3 193

到朋友家作客，第一次見到對方家人，禮貌性地寒暄……

很高興認識你

英 Nice to meet you.
見面（meet）

韓 만나게 되서 기뻐요.
認識你（만나게 되서）　很高興（기뻐요）
man na ge doe seo gi ppeo yo

英 解說

也可以說：

- Nice meeting you.（很高興見到你。）

更有禮貌的說法是：

- My pleasure to meet you.（認識你是我的榮幸。）
愉悅、滿足（pleasure）

＝It's an honor to meet you.
榮譽（honor）

- pleasure [ˋplɛʒɚ] ／ honor [ˋɑnɚ]

韓 解說

如果要表達叨擾之意，則說：

- 죄송해요, 실례가 많습니다.
不好意思（죄송해요）　失禮（실례가）　很多（많습니다）
joe song hae yo sil re ga man seup ni da
（不好意思，前來打擾。）

MP3 194

194

朋友一個人要開車出遊，提醒他⋯⋯

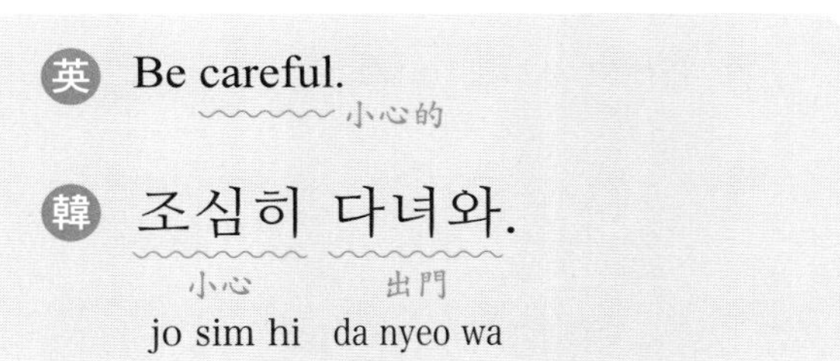

英 Be careful.
careful 小心的

韓 조심히 다녀와.
조심히 小心　다녀와 出門
jo sim hi　da nyeo wa

英 解說

也可以說：

- Take care.（要小心！）

或者，祝福對方「旅途愉快！」：

- Have a great trip.（great 很棒的　trip 旅程）
  （祝你有一個很棒的旅程。）

韓 解說

這是希望對方出門一切平安的關心用語。提醒對方「小心別感冒」、「小心別遺失東西」等，都可以說조심히 jo sim hi（小心）。也可以祝福對方：

- 여행 잘해. yeo hang　jal hae （旅途愉快！）（여행 旅遊　잘해 愉快）

回答的人可以說：

- 너두 잘 지내. neo du　jal　ji nae（你也要保重！）（너두 你也　잘 지내 好好生活）

195

MP3 195

關心經常加班的同事說，工作別太拼命……

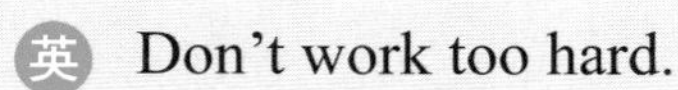

英 Don't work too hard.
努力地（hard）

韓 너무 무리 하지마.
太（너무） 辛苦（무리） 別…（하지마）
neo mu mu ri ha ji ma

英 解說

「work too hard」指「工作過勞」：

- I'm afraid（擔心） that my husband is working too hard.（我擔心先生工作太累了。）

「too＋形容詞」指「太…、過於…」：

- This evidence（證據） is too weak（薄弱）.（這證據太薄弱。）
- This reason is too unnatural（不合常理）.（這理由太牽強。）
- evidence [ˋɛvədəns] ／ weak [wik] ／ unnatural [ʌnˋnætʃərəl] 不合常理

韓 解說

也可以說：

- 너무 힘들게 하지마.（別太勉強喔～）
  太（너무） 勉強（힘들게） 別…（하지마）
  neo mu him deul ge ha ji ma

小狗走失了，朋友非常擔心，想辦法安慰他……

英 Don't worry, it's going to be okay.

okay：順利的

韓 걱정마 잘 해결 될꺼야.

걱정마（別擔心） 잘（好好地） 해결 될꺼야（（某事）將會解決）

geok jeong ma　jal　hae gyeol　doel kkeo ya

英 解說

或者可以說：

- I'm sure you'll find it.（你一定會找到它的。）

find：找到

韓 解說

類似的安慰用語還有這些，可以搭配組合使用：

- 걱정마. geok jeong ma （別擔心。）
- 안심해. an sim hae （請放心。）
- 내가 처리 할께.（我會想辦法的。）

  내가（我） 처리（處理）

  nae ga　cheo ri　hal kke
- 나에게 맡겨!（交給我！）

  나에게（給我） 맡겨（交託）

  na e ge　mat gyeo

197

MP3 197

朋友感冒了，擔心他的病情……

英 Are you OK?

韓 좀 어때?

어때：怎麼樣

jom eo ttae

英 解說

也可以說：

- How are you feeling?（你現在覺得如何？）

如果看到某人滿臉病容，可以這樣表達關心：

- You don't look so good; what happened?（你看起來不太舒服，怎麼了？）

  what happened：怎麼了、發生什麼事

韓 解說

關心病情的說法還有：

- 몸 상태는 괜찮은거야?

  몸：身體　상태：狀況　괜찮은거야：沒問題嗎

  mom sang tae neun gwaen cha neun geo ya

  （身體狀況沒問題嗎？）

- 병 난거 아니야?（你是不是生病了啊～）

  병 난거：生病　아니야：是不是

  byeong nan geo a ni ya

MP3 198

198

聚會結束時和對方道別……

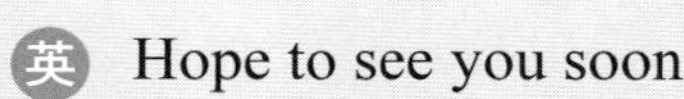

英 Hope to see you soon.（soon：很快地）

韓 잘 가~
jal ga

英 解說

也可以說：

- Let's get together again next time.（get together：相聚）
（下次再找時間聚聚吧！）

韓 解說

也可以說：

- 안녕. an nyeong （拜拜。）

上面這句 안녕 除了用在道別，和人見面打招呼時也適用，意思是「你好」。如果是「店員向顧客道別」或「晚輩向長輩道別」時，則要說：

- 안녕히 가세요.（謝謝惠顧／再見。）
an nyeong hi ga se yo

如果明天還會跟對方見面，可以說：

- 내일 만나. nae il man na （明天見囉～）
（내일：明天；만나：見面）

199

MP3 199

遇到許久沒見的朋友或同事……

英 Long time no see!

韓 오랜만이야.

o raen ma ni ya

英 解說

也可以說：

- Haven't seen you in a while.（一段時間沒見到你。）
  （in a while：一段時間）
- It's been a long time!（好久不見！）

韓 解說

說完「好久不見」之後，通常會接著說：

- 어떻게 지내?（你過得如何？）
  （어떻게：如何；지내：生活）
  eo tteot ke ji nae
- 하나도 안변했네.（你都沒變耶！）
  （하나도：一點都…；안변했네：沒有變）
  ha na do an byeon haet ne

如果對象是長輩，就要正式、有禮貌一點：

- 요새 잘 지내?（您最近好嗎？）
  （요새：最近；잘 지내：過得好嗎）
  yo sae jal ji nae

描述狀態

200

MP3 200

來到陣陣花香的公園，感覺神清氣爽……

英 I feel good.

韓 아 참 좋다.

很舒服

a cham jo ta

英 解說

也可以說：

舒暢（原形：refresh [rɪˋfrɛʃ]）

- I feel very refreshed.（我覺得非常舒暢。）

「I feel...」指「我感覺、我覺得」：

- I feel I never have enough money.（我覺得錢永遠不夠花。）

韓 解說

如果想表達花香，可以說：

- 정말 향기 좋다.（好香喔～）

真的 香味 很好

jeong mal hyang gi jo ta

如果是在綠意盎然的山上時，可以說：

- 공기가 참 신선하다.（空氣真新鮮～）

空氣 真的 新鮮

gong gi ga cham sin seon ha da

朋友問我練瑜珈有沒有進步，我說……

英 So so.

韓 그저 그래.
geu jeo geu rae

英 解說

也可以說：

- I'm working on it.（我正在努力。）
  （working on：努力（原形work on））

「work on」後面動詞要用「ing」型態：

- In the winter, I work on moisturizing my skin.
  （work on：努力於；moisturizing：保濕）
  （冬天時，我會加強皮膚保濕的工作。）
- moisturize [ˋmɔɪstʃəˏraɪz] 使潮濕

韓 解說

如果比以前進步很多，則說：

- 많이 진보했어요.（進步很多。）
  （많이：很、非常；진보：進步）
  ma ni jin bo haet-sseo yo

202

MP3 202

昨晚的酒精持續作祟，一整天都沒精神……

英 I'm having a hangover.
（hangover：宿醉 [ˋhæŋ͵ovɚ]）

韓 숙취가 있어서.
숙취가（宿醉） 있어서（還有）
suk chwi ga it-sseo seo

英 解說

可用「I'm having...」表達「身體的不適」：

- I'm having menstrual pains.（menstrual：月經的 [ˋmɛnstrʊəl]）
（我有經痛的毛病。）

「宿醉」可能產生下列不舒服的症狀：

- 두통.（頭痛。）
du tong
- 구토.（想吐。）
gu to
- 몸이 불편해요.（覺得不舒服。）
몸이（身體） 불편해요（不舒服）
mo mi bul pyeon hae yo

小叮嚀 韓國人和日本人解宿醉的方法，都是小口小口地喝運動飲料。

203

從美國出差回來的第一晚一定睡不好，因為……

英 I'm suffering from jet lag.

時差困擾 [dʒɛt læg]

韓 시차 적응 중이예요.

時差 適應 當中

si cha jeo geung jung i ye yo

英 解說

也可以說：

- I am jet-lagged.（我有時差困擾。）

有時差現象的

「suffer from...」指「遭受…之苦」：

- I think I am suffering from depression.（我想我好像得了憂鬱症。）

憂鬱

- depression [dɪ`prɛʃən] 憂鬱／suffer [`sʌfɚ] 患病、受難、受損

韓 解說

如果一直無法解決時差問題，則說：

- 시차 적응이 안되네요.

時差 還未適應

si cha jeo geung i an doe ne yo

（時差調不回來。）

204

MP3 204

對遲到的朋友說的禮貌話……

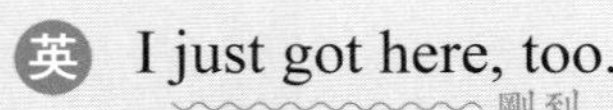

英 I just got here, too.
剛到

韓 나도 막 도착했어.
我也 剛 到達
na do mak do chak hat-sseo

英 解說

也可以說：

- I have just come here.（我也是剛到。）
  來到這裡
- I haven't been here long.（我沒有來很久。）
  待在這裡

韓 解說

而遲到的人通常會說：

- 미안해요, 늦었어요.
  抱歉 來的晚
  mi an hae yo neu jeot-sseo yo
  （抱歉，我來晚了。）

上句的「미안해요（抱歉）」是對朋友說的，如果是對陌生人或長輩則要說：

- 죄송하지만.（非常抱歉、不好意思）
  joe song ha ji man

誰叫你颱風天還要外出，傘被吹壞了算你活該⋯⋯

英 You asked for it.
（asked for：要求）

韓 샘통이다.
saem tong i da

英解說

也可以說：

- This is what you get.（這是你該承受的。）（get：得到、承受）

 ＝This is what you deserve.（deserve：該得）

- deserve [dɪˋzɝv] 該得的賞或罰

韓解說

也可以說：

- 봐, 내가 진작 말했었지.
 （봐：看；내가：我；진작：早就；말했었지：說了）
 bwa nae ga jin jak mal haet-sseot ji
 （你看吧，早就跟你說過了！）

206

MP3 206

朋友見面總會問“最近好嗎”，大部分的答案都是……

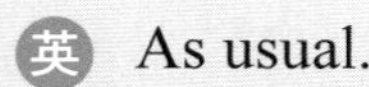
英 As usual.

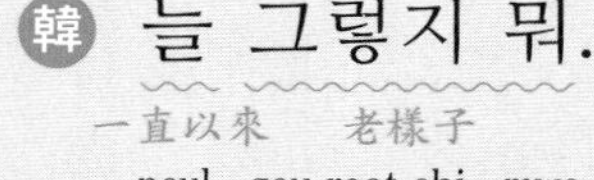
韓 늘 그렇지 뭐.

一直以來　老樣子

neul　geu reot chi　mwo

英 解說

也可以說：

- Same old.（老樣子。）
  （old：原來的、多年的）
- Nothing exciting.（沒什麼新鮮事！）
  （exciting：令人興奮的）
- exciting [ɪk`saɪtɪŋ]

韓 解說

可以在「一如往常」後面加上說明，將近況描述得更清楚：

- 늘 바쁘지.（一如往常忙碌啊～）
  一直以來　忙碌
  neul　ba ppeu ji
- 늘 한가하지.（一如往常清閒啊～）
  （한가하지：空閒）
  neul　han ga ha ji

同事問你今天加不加班，你說……

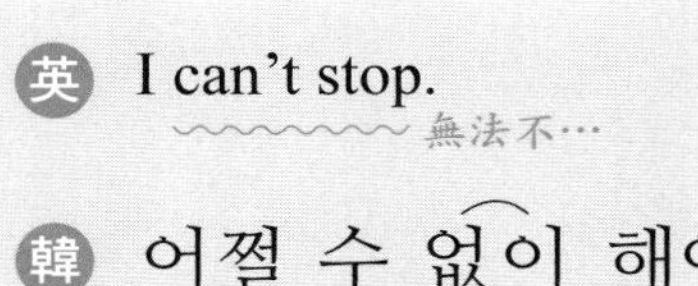

英 I can’t stop.
無法不…

韓 어쩔 수 없이 해야해.
不得不 做事
eo jjeol su eop-ssi hae ya hae

英 解說

這時候的工作狀況一定是：

- I’m having a lot on my plate!（很多／餐盤）
  （我的盤子上有很多東西。）

＊引申為：還有很多工作要處理。

- plate [plet]

韓 解說

而加班的原因通常是：

- 해도해도 끝이 없네.
  一做再做 盡頭 沒有
  hae do hae do kkeu chi eop ne
  （因為做不完啊～）

208

MP3 208

自我介紹時，說明自己住在哪裡……

英 I live in Taichung.

韓 난 타이중에 살아.

我 / 台中 / 生活、居住

nan ta i jung e sa ra

英 解說

要注意，千萬不要說成「I stay in Taichung」。

「live in」和「stay in」不同：

- live in：家住在那個地方
- stay in：短暫停留、暫住旅館
- I stay in Four Season Hotel.（暫住）

（我暫住四季飯店；我住宿四季飯店。）

韓 解說

小時候或結婚前和父母親共同生活的地點稱為「老家／娘家」，自我介紹時，也可以說明「老家」在哪裡：

- 고향／친정이 타이중이야.

老家 / 娘家 / 在台中

go hyang／chin jeong i ta i jung i ya

（老家／娘家在台中。）

終於…必須回覆的郵件都回覆了，該做的都……

英 I'm all done.
完成

韓 모두 다 처리 했다.
全部 處理完畢
mo du da cheo ri haet-dda

英 解說

也可以說：

- It's all finished.（全部完成了。）
  被完成了（原形：finish）

韓 解說

也可以說：

- 드디어 끝났다.（終於結束了。）
  終於 結束了
  deu di eo kkeut nat-dda
- 드디어 다했다.（終於做好了。）
  做好了
  deu di eo da hat-dda

如果是要表達完成工作時的喜悅，則說：

- 정말 좋다.（太好了！）
  真是 好
  jeong mal jo ta

210

MP3 210

快抵達終點前差一點被對方趕過，真是驚險……

英 That was close.
勢均力敵的、贏得驚險的

韓 하마터면 질 뻔 했네.
差一點 輸給他
ha ma teo myeon jil ppeon haet ne

英 解說

也可以說：

- That was a close call！（那真是千鈞一髮！）
  （close call：千鈞一髮）

close 還有「關係親密」的意思：

- My family is close.（我們家人感情很好。）
  （close：親密的）
- You two look very close.
  （你們兩個看起來很甜蜜。）

韓 解說

如果是在危急狀況的當下瞬間，則會急切地說：

- 위험해.（危險！）
  wi heom hae
- 조심해.（小心！）
  jo sim hae

MP3 211

211

這一攤炸雞好多人在排隊…哇～好像很好吃……

英 Looks great!
（great：很棒的）

韓 맛있어 보인다.
（맛있어：好吃　보인다：看起來…）
ma sit-sseo bo in da

英 解說

也可以說：

- Looks delicious!（看起來很美味！）（delicious：美味的 [dɪˋlɪʃəs]）

great 指「美妙的、優秀的、偉大的、巨大的」：

- Your proposal is great!（你的提議真好！）（proposal：提議 [prəˋpozl̩]）
- Health is the greatest wealth in life.（greatest：最大的（great的"最高級"））
（健康是人生最大的財富。）

韓 解說

如果想表達東西看起來很好吃、自己也很想吃時：

- 먹고 싶다.（好想吃喔～）
（먹고：吃　싶다：很想…）
meok-ggo sip-dda

212

MP3 212

邊看電影邊掉眼淚，真的很感人……

英 I was moved!

被打動、被感動

韓 감동 받았어.

感動 受到…

gam dong ba dat-sseo

英 解說

也可以說：

- It was very touching.（它非常感人。）
  感人的

move 可指「移動、搬動、感動」：

- I just moved.（我剛搬家。）
  搬家
- Were you moved by him?（你被他感動了嗎？）
  被…感動
- touching [tʌtʃɪŋ]

韓 解說

也可以說：

- 정말 감동 먹었어요.（真是令人感動！）
  真的 令人感動
  jeong mal gam dong meo geot-sseo yo
- 정말 너무 감동이야.（實在太感人了。）
  太感動
  jeong mal neo mu gam dong i ya

213

來到已經預訂好房間的飯店櫃檯……

英 I have a reservation for tonight.
訂房

韓 오늘 저녁 예약했는데요.
今晚 有訂房
o neul jeo nyeok ye yak hat neun de yo

英 解說

也可以一開始就說出預訂的房型：

- I have a reservation for a single room. (單人房)
  （我預訂了一間單人房。）

- I have a reservation for a double room. (雙人房)
  （我預訂了一間雙人房。）

韓 解說

說完這句話之後，櫃檯人員就會請問你的姓名。因此，也可以一開始說明已經預約，並且報上姓名：

- 제 성은 임 이예요, 오늘 저녁 방예약했어요.
  我 姓 林 今晚 有訂房
  je seong eun im i ye yo o neul jeo nyeok bang ye yak hat-sseo yo
  （我姓林，今天晚上有訂房。）

214

MP3 214

有人問我每天怎麼到公司……

英 I take the train to work.（take the train：搭電車）

韓 지하철로 출근해요.（지하철로：電車；출근해요：上班）

ji ha cheol ro chul geun hae yo

英 解說

也可以說：

- I commute by train.（我搭電車通勤。）（commute：通勤）

如果要問「幾點到公司」則說：

- What time do you arrive at the office?（arrive：抵達）
（你幾點到公司？）

- commute [kə`mjut] 通勤

韓 解說

如果是走路上班，則說：

- 걸어서 출근해요.（走路上班。）（걸어서：走路；출근해요：上班）

geo reo seo chul geun hae yo

被問到是否有某一方面的相關經驗……

英 I've never done that.
從未做過

韓 해본 경험이 없어요.
做過 經驗 沒有
hae bon gyeong heo mi eop-sseo yo

英 解說

也可以說：

- I don't have that experience.（我沒有那種經歷。）
  經歷: experience

「工作經驗」是「work experience」

- He has very abundant work experience.
  豐富的: abundant
  （他有非常豐富的工作經驗。）

- experience [ɪk`spɪrɪəns] 經歷／
  abundant [ə`bʌndənt] 豐富的

韓 解說

也可以說：

- 아니요, 지금까지 안해봤어요.
  沒有 目前為止 沒做過
  a ni yo ji geum kka ji an hae bwat-sseo yo
  （沒有，目前還沒做過。）

216

MP3 216

同事今天的裝扮不太尋常，好像有什麼事……

英 What's up with you today?（發生什麼事）

韓 오늘 좀 평상시랑 다르다.

今天 平常 和 不一樣

o neul jom pyeong sang si rang da reu da

英 解說

也可以說：

- You look different today.（你今天不太一樣～）（look different：看起來不一樣）
- That's unusual.（不太尋常！）（unusual：不尋常的）

「事情不尋常」可以這樣說：

- Don't you think this is unusual?（你不覺得這事情不太尋常？）
- unusual [ʌn`juʒuəl] 不尋常的

韓 解說

往往說完這句話後會接著問：

- 왜? 무슨 일 있어?

怎麼了 什麼事 有

wae mu seun il it-sseo

（怎麼了？有什麼特別的事情嗎？）

一直想不起來把鞋子收到哪裡了，現在想起來了……

英 Oh I got it!

韓 생각났다.
想到了
saeng gak nat-dda

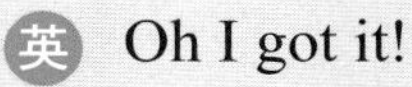

英 解說

也可以說：

使想起（原形：remind）
- That reminds me!（我想起來了！）

remind 也有「提醒」的意思：

幸好　提醒
- Luckily, you reminded me.
（幸好有你提醒我。）

韓 解說

也可以說：

- 아 생각이 났어.（啊！我想起來了！）
a saeng ga gi nat-sseo

如果是還在想「東西放到哪裡去」的時候，通常會自己呢喃地說：

- 도대체 지금 어디야?（到底在哪裡啊？）
到底　現在　在哪裡
do dae che ji geum eo di ya

218

MP3 218

朋友打電話來催我說為什麼還沒到…我趕緊說……

英 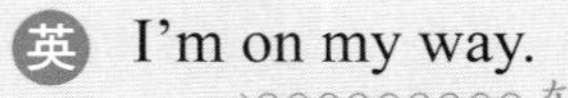
I'm on my way.
在途中

韓 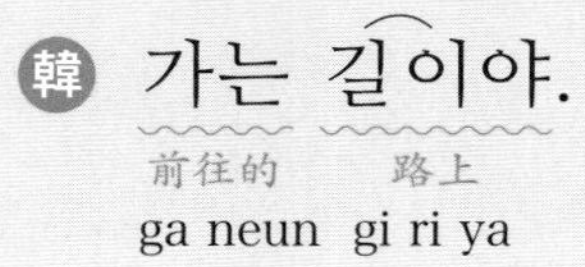
가는 길이야.
前往的 路上
ga neun gi ri ya

英 解說

也可以說清楚，自己多久後會抵達：

- I am 10 minutes away.（尚有多少時間）
  （我再 10 分鐘就到了。）

「away from」是一個常見片語，表示「離開」：

- Your cell phone rang（手機響了）while you were away（離開）from your seat.
  （你不在座位時，手機有響。）

韓 解說

如果是職場相關的場合，要用比較禮貌的說法：

- 지금 막 가는 길이야.
  正在 剛好 前往的 路上
  ji geum mak ga neun gi ri ya
  （我正在前來的路上。）

MP3 219

219

被問到幾歲了…其實再一個月就滿 30 了……

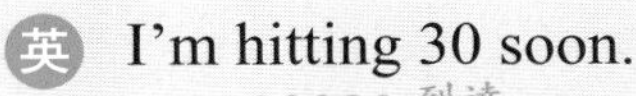
英 I'm hitting 30 soon.

hitting：到達

韓 곧 30세가 되요.

곧：快要　30세가：30 歲　되요：變成

got sam sip se ga doe yo

英 解說

如果你不想說得這麼明顯，則說：

- I am in my late 20s. 表示介於 25 ～ 30 歲之間。（我 20 好幾了。）

late：末期的

若是 20 ～ 24 歲則說：

- I am in my early 20s.（我 20 出頭。）

韓 解說

也可以說：

- 조금있으면 30세예요.

조금있으면：過一陣子　30세：30 歲

jo geum it-sseu myeon sam sip se ye yo

（我再過一陣子就 30 歲了。）

上句的 조금있으면（過一陣子），不一定是實際的長時間或短時間，而是根據說話者主觀認為的時間長短（可能是半年或一個月）。

220

MP3 220

每個人都看得出來，我們兩人做什麼都在一起……

我們是好朋友

英 We are good friends.
好朋友（good friends）

韓 우린 친한 친구사이.
我們（우린）　好朋友（친한 친구）　關係（사이）
u rin chin han chin gu sa i

英 解說

也可以說：

- We get along very well.（我們非常合得來。）
和睦相處（get along）

再學一個「get along」的例句：

- I don't get along with others easily.
（我不容易跟大家打成一片。）

韓 解說

也可以說：

- 나와 그는 짝궁이예요.（我和他是死黨。）
我（나와）　他（그는）　死黨（짝궁）
na wa geu neun jjak gung i ye yo

- 우리 사이가 참 좋아요.（我們感情很好。）
我們（우리）　之間（사이가）　很好（좋아요）
u ri sa ui ga cham jo a yo

MP3 221

221

照著說明書操作竟然還是沒辦法！奇怪哩……

英 That's weird.

weird：奇特的、不可思議的 [wɪrd]

韓 정말 이상하네.

정말：真是　이상하네：奇怪

jeong mal　i sang ha ne

英 解說

也可以說：

- It's strange.（這真奇怪。）
- I don't get it.（我弄不懂。）

「weird」（奇特的）可以這樣使用：

- The water tastes weird.（水的味道怪怪的。）（weird：怪異的）
- I feel weird wearing it.（我覺得穿起來怪怪的。）（weird：怪異的）

韓 解說

也可以說：

- 어떻게 이렇게 됐지?（怎麼會這樣子?）

  어떻게：怎麼　이렇게：這樣子　됐지：變成

  eo tteo ke　i reot ke　dwaet-jji

真的摸不著頭緒需要找人協助時則說：

- 도와줘. do wa jwo（幫幫我！）

222

MP3 222

樓上住戶這麼晚了還在嬉鬧，快受不了了……

英 It's noisy.（noisy：吵雜的）

韓 시끄러워.（吵鬧的）

si kkeu reu wo

英 解說

也可以說：

- It's driving me nuts!（它逼得我要發瘋！）（driving：逼迫；nuts：發瘋）
- It's giving me a headache.（它讓我頭痛！）（headache：頭痛）

「noisy」指「喧鬧的、嘈雜的」的聲音：

- It's too noisy in this restaurant.
  （餐廳裡實在太吵了。）
- nuts [nʌts] 發瘋

韓 解說

如果覺得對方的聲音已經大到干擾到自己，想請他小聲一點時：

- 소리 좀 작게 해주세요.
  （소리：聲音；작게：小一點；해주세요：請）
  so ri jom jak ge hae ju se yo
  （可以請你小聲一點嗎？）

向朋友借的東西弄壞了…這下糟了……

英 
Oh no!

韓 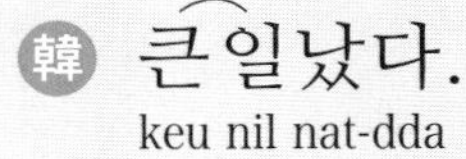
큰일났다.
keu nil nat-dda

英 解說

也可以說：

- Oh my god!（我的天！）
- Oh I'm so sorry!（喔，我真是不應該…）
  懊悔：sorry

sorry 指「抱歉的、遺憾的、懊悔的」：

- Sorry to bother you!（抱歉打擾你！）
  打擾：bother
- I'm sorry to make you worry.（抱歉讓你擔心。）
  讓你擔心：make you worry

韓 解說

如果是弄壞別人的東西，要向對方道歉時：

- 미안해, 고의는 아니야.
  對不起：미안해　有意：고의는　不是：아니야
  mi an hae　go ui neun　a ni ya
  （對不起，我不是故意的！）
- 양해해줘. yang hae hae jwo（請原諒我！）

224

MP3 224

找遍了還是沒有，確定東西真的遺失了……

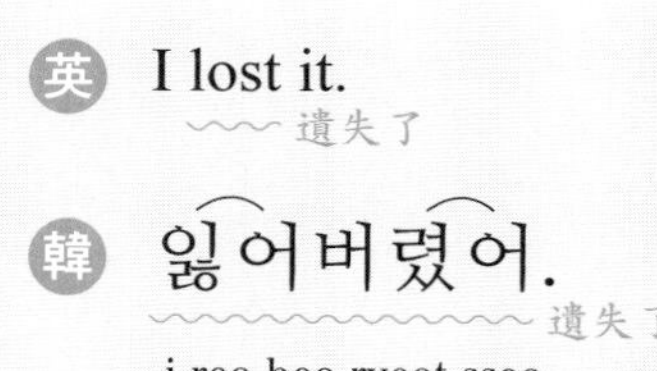

英 I lost it.

遺失了

韓 잃어버렸어.

遺失了

i reo beo ryeot-sseo

英 解說

也可以說：

- It's gone.（東西不見了。）
  遺失了的

gone 指「已過去的、遺失了的」：

- My receipt is gone. Can I still return it?
  收據、發票 / 退還
  （我的發票不見了，仍可以退貨嗎？）

- receipt [rɪ`sit] 收據、發票

韓 解說

表示「遺失東西」也可以說：

- 잃어 버렸다.（東西掉了！）
  掉了、遺失了
  i reo beo ryeot da

對方一直在講電話，打了好幾次都是……

英 Line is busy.
電話線

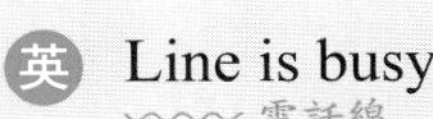

韓 전화중이야.
通話中
jeon hwa jung i ya

英 解說

也可以說：

- The line doesn't go through.（電話不通。）
  （go through：通過）

line 指「線、電話線、隊伍」：

- Am I in the wrong line?（我排錯隊伍了嗎？）
- Would you like to stay on the line?
  （你要在電話線上等候嗎？）

韓 解說

也可以說：

- 아직도 통화중 인가봐.（好像在通話中。）
  還在 通話中 應該
  a jik do tong hwa jung in ga bwa

因為線路問題導致電話不通，則說：

- 안 받는데.（沒接通。）
  an bat neun de

226

MP3 226

電話的另一端，聲音實在太小……

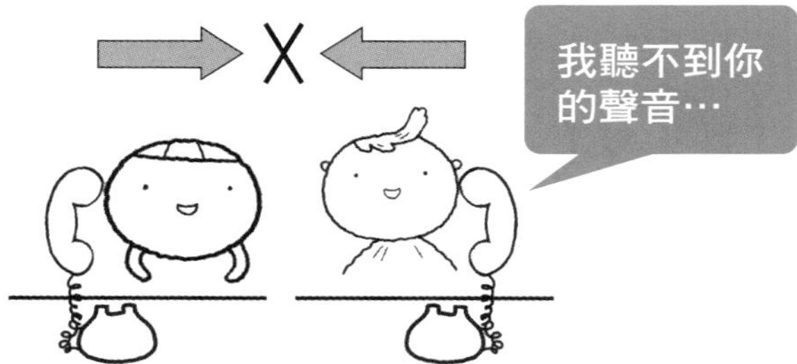

英 I can't hear you…
無法聽到

韓 네 목소리가 안들리는데.
你 聲音 聽不到
ne mok so ri ga an deul ri neun de

英 解說

接下來可以說：

- Can you speak up please?（你可以大聲一點嗎？）
  （speak up：大聲說）

聽不到對方所說的，有很多說法，較直接的是：

- Please speak a little louder.（請說大聲一點。）

婉轉一點的說下面這兩句話時，對方就會知道要重述一次：

- I am sorry.（抱歉。）
- I beg your pardon.（請再說一次。）

韓 解說

韓國人講電話時，如果聽不清楚對方聲音，會重複說「喂～喂～」：

- 여보세요 여보세요.（喂～喂～）
  yeo bo se yo yeo bo se yo

MP3 227

227

SARS 的時候想去買口罩，店門口永遠都貼著……

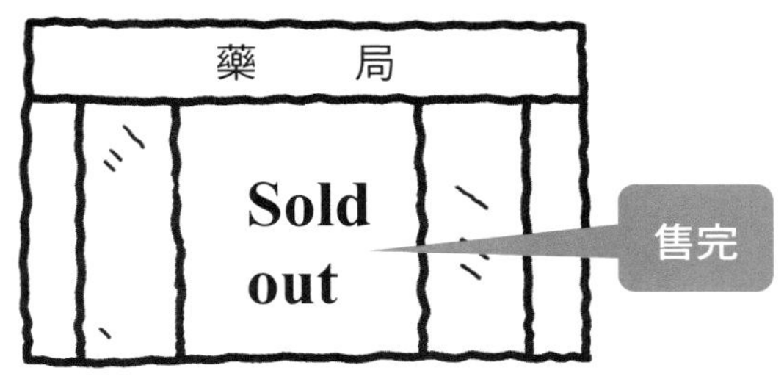

英 

韓 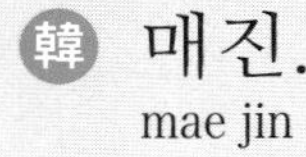

mae jin

英 解說

也可以說：

- Go out of stock.（完全沒存貨了。）
  （Go out of：出清；stock：存貨）

stock 的另一個意思是「股票」：

- I invest in stocks.（我投資股票。）
  （invest：投資；stocks：股票）
- stock [stɑk] 存貨、股票 ／ invest [ɪn`vɛst] 投資

韓 解說

也可以直接問店家，這裡有沒有賣某物：

- 마스크 파나요?（請問有在賣口罩嗎？）
  （마스크：口罩；파나요：販賣）
  ma seu keu　pa na yo

如果不是賣完，而是到處都沒賣，則說：

- 여기저기 모두 안팔아요.（到處都沒賣。）
  （여기저기：到處；모두：都；안팔아요：沒賣）
  yeo gi jeo gi　mo du　an pa ra yo

228

MP3 228

坐太久都沒動，坐到腳麻了……

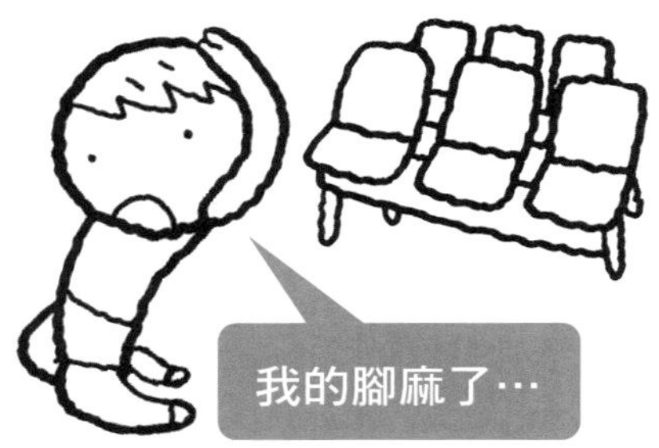

英 My legs are numb.
麻木的、失去感覺的

韓 다리에 쥐났어.
腳 麻痺
da ri e jwi nat-sseo

英 解說

也可以說：

- I can't feel my legs.（我感覺不到我的腿…）
- My legs fell asleep.（我的腿麻了。）
麻木的

asleep 還有「睡著的」的意思：

- I fall asleep easily.（我很容易入睡。）
睡著
- I'm going to fall asleep if you keep talking.
（再說下去我就要睡著了。）
- numb [nʌm] 麻木的、失去感覺的／
asleep [ə`slip] 麻木的

韓 解說

在韓國，成年人會哄騙小孩子說，如果是腳感覺麻痺的時候，用手指頭沾口水「침 chim」，並抹在鼻子「코 ko」上，就不會覺得麻了。

和朋友玩躲貓貓，躲著躲著⋯啊！被找到了⋯⋯

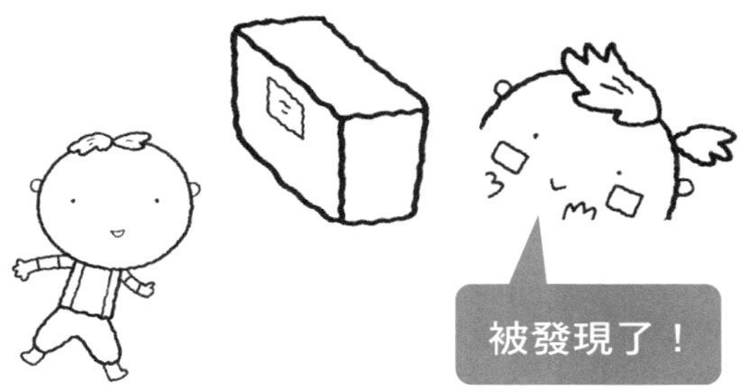

 I got caught.
（caught：被抓）

韓 들켜버렸네.

deul keo beo ryeot ne

 解說

從字面看來，這句話的意思是「我被抓了」。caught 是 catch（抓住、接住）的過去式和過去分詞：

- I will catch the ball.（我會接住球。）
  （catch：接住）

 解說

另外，如果是沒有要刻意隱瞞、卻被發現時，則可以說「被看出來」：

- 머리 잘랐어?（A：剪頭髮了？）
  （머리：頭髮；잘랐어：剪）
  meo ri jal rat-sseo
- 응 티나는구나.（B：啊～被看出來了！）
  （티나는구나：被看出來）
  eung ti na neun gu na

被看出來後，也可以反問對方：

- 어떻게 알았어?（怎麼發現的？）
  （어떻게：如何；알았어：知道）
  eo tteo ke a rat-sseo

情境速查 索引

情境速查　索引

情境速查 索引

情境速查 索引

情境速查 索引

檸檬樹網站・日檢線上測驗平台 http://www.lemon-tree.com.tw

3國語言系列 04

一本搞定！中・英・韓情境會話手冊：
上網、旅遊、證照、求職，跨國界交流的即時溝通【附 中→英→韓 順讀MP3】

2012 年 9 月 6 日初版

作者	KELLY LIN・黃子菁・檸檬樹韓語教學團隊
封面・版型	陳文德・洪素貞
插畫	許仲綺・劉鵑菁・南山・鄭菀書
責任編輯	蔡依婷
協力編輯	方靖淳・鄭伊婷
發行人	江媛珍
社長・總編輯	何聖心
出版者	檸檬樹國際書版有限公司 檸檬樹出版社
E-mail	lemontree@booknews.com.tw
地址	新北市 235 中和區中安街 80 號 3 樓
電話・傳真	02-29271121・02-29272336
會計客服	方靖淳
法律顧問	第一國際法律事務所 余淑杏律師
全球總經銷・印務代理	知遠文化事業有限公司
博訊書網	http://www.booknews.com.tw 電話：02-26648800　傳真：02-26648801 地址：新北市222深坑區北深路三段155巷25號5樓
港澳地區經銷	和平圖書有限公司 電話：852-28046687　傳真：850-28046409 地址：香港柴灣嘉業街 12 號百樂門大廈 17 樓
定價	台幣 260 元／港幣 87 元
劃撥帳號・戶名	19726702・檸檬樹國際書版有限公司 * 單次購書金額未達 300 元，請另付 40 元郵資 * 信用卡・劃撥購書需 7-10 個工作天

一本搞定！中・英・韓情境會話手冊：上網、旅遊、證照、求職，跨國界交流的即時溝通 / Kelly Lin，黃子菁，檸檬樹韓語教學團隊作. -- 初版. -- 新北市 ： 檸檬樹, 2012. 09

面 ； 公分. --（3 國語言系列；4）

ISBN 978-986-6703-59-1（平裝附光碟片）

1. 漢語　2. 英語　3. 韓語　4. 會話

801.72　　101014362